国家出版基金项目
NATIONAL PUBLICATION FOUNDATION

"十三五"国家重点出版物出版规划项目

"创新报国 **70** 年"大型报告文学丛书

中国科学院 中国作家协会 中国科学技术协会 联合组织创作

钟情一生

裘山山 著

浙江教育出版社·杭州

指导委员会、编辑委员会成员名单

指导委员会

　　今年是中华人民共和国成立70周年。70年时间，在历史的长河中如白驹过隙，但在中华民族的历史上却是浓墨重彩。中国人民在中国共产党的领导下，从苦难深重的旧中国站起来，在一穷二白的条件下富起来，在百年未遇的变局中强起来，中国特色社会主义事业取得了一个又一个巨大成就。

　　成立于1949年11月1日的中国科学院，始终与祖国同行、与科学共进——70年来，在党中央、国务院的坚强领导下，几代科学院人不懈努力、顽强拼搏，始终以"创新科技、服务国家、造福人民"为己任，为我国经济发展、社会进步、国家安全等诸多方面做出了重大贡献，成为党、国家、人民可以依靠和信赖的国家战略科技力量。70年峥嵘岁月，中国科学院产出了一大批创新报国的科研成果，涌现出一大批创新报国的先进代表和典型事迹，几代中国科学院人共同谱写了创新报国的华彩乐章。

　　"创新报国"是中国科学院的优良传统。无论是1965年在世界上首次人工合成牛胰岛素，抑或1988年北京正负电子对撞机首次对撞成功，还是2017年构建天地一体化广域量子通信网络，中国科学院人创新报国矢志不渝。以北京正负电子对撞机为例，邓小平在参观北京正负电子对撞机国家实验室时指出："任何时候，中国都必须发展自己的高科技，在世界高科技领域占有一席之地……高科技的发展和成就，反映了一个国家和民族的能力，也是一个国家兴旺发达的标志。"北京正负电子对撞机的建成，奠定了我国在粒子物理学领域的国际领先地位，是继"两弹一星"之后，我国在高科技领域的又一重大突破性成就。党的十八大以来，习近平总书记始终把创新摆在国家发展战略全局的核心位置，指出"科技是国家强盛之基，创新是民族进步之魂"。中国科学院发扬创新报国的优良传统，不辱使命，再立新功，从"中国天眼"、散裂中子源等重大科技基础设施，到"悟空"号暗物质探测器、"墨子"号量子实验卫星、"慧眼"硬X射线调制望远镜卫星等系列科学实验卫星，再到铁基高温超导、多光子纠缠、中微子振荡新模式、水稻分子育种、量子反常霍尔效应等基础前沿重大创新成果，都充分体现了国家战略科技力量的使命担当和实力水平。

"创新报国"是中国科学院人科学精神的集中体现。无论是扎根边疆、献身植物科学研究的蔡希陶先生，坚持实地调研、重视一手资料的地理学家周立三院士，还是时代楷模"天眼"巨匠南仁东先生、药理学家王逸平先生，他们都用毕生的科学实践诠释了求实、创新、奉献、爱国的科学精神。以南仁东先生为例,为了给"天眼"选址,他跋山涉水,在贵州的深山里奔波了12年;身为项目首席科学家兼总工程师,他淡泊名利,长期默默无闻工作在一线。我们要珍惜这些宝贵的精神财富,大力弘扬他们在科研工作中体现出来的科学精神和专业精神,营造良好的创新文化氛围,推动创新文化建设,增强广大科研工作者的历史使命感和责任感。

"创新报国"是中国科学院科学文化的核心理念。科学文化是影响创造性科研活动最深刻的因素,是科学家创造力最持久的内在源泉。基础研究和原始创新要求科学家具有勇于探索、敢为人先的创新精神,严谨认真、锲而不舍的治学态度,无私忘我、甘于奉献的崇高人格,不辱使命、至诚报国的伟大情怀。中华人民共和国成立之初,百废待兴、百业待举。竺可桢、吴有训等一批饱经战火洗礼的爱国科学家毅然选择留在新中国;赵忠尧、钱学森、郭永怀等一批优秀科学家纷纷放弃海外优厚的生活条件,克服重重阻挠回到祖国。在当时十分艰苦的条件下,他们以高度的爱国热忱投身于新中国的科技事业,积极参与新组建的中国科学院的建设,研制"两弹一星",制定"十二年科技规划"等,使新中国许多空白领域得到填补,新兴学科得到发展。中国科学院70年的奋斗历程,始终依靠的就是这种文化和精神,我们必须珍视和弘扬。

"创新报国"对新时期我国科学文化建设具有重要意义。科学文化本质上是一套行为准则、社会规范和价值体系，包含科学知识、科学方法、科学思想、科学精神等方面。一方面，"创新报国"已经内化为我国科学文化的一部分。"服务国家、造福人民"不但是广大科技工作者的历史使命和社会责任，也是科技工作的出发点和落脚点。另一方面，科技工作者在具体的创新活动实践中，不断深化和丰富了科学文化的内涵。他们所取得的面向世界科技前沿、面向国家重大需求、面向国民经济主战场的创新成果，帮助我们进一步坚定了民族自信和文化自信，为科学文化建设提供了强有力的科技支撑。

五年前，出于提高全民族科学文化素养的共同责任，中国科学院、中国作家协会、中国科学技术协会前瞻性地部署了"创新报国70年"大型报告文学丛书项目，目的是聚焦"创新报国"的主题，回顾我国70年重大创新成就，展现杰出科技工作者群体风貌，倡导科学精神、奉献精神和创新精神，弘扬爱国主义、集体主义和理想主义。

五年时光，倏忽而逝。这期间，作家舟车劳顿、深入基层采风，审读专家埋首伏案、逐字逐句精心审读，中国科学院研究所同志翻检档案、提供支撑保障，中国作家协会、中国科学技术协会、中国科学院机关和工作团队的同志们鼎力支持、居间协调，浙江教育出版社的同志仔细审稿、严控质量。几许不眠夜，甘苦寸心知。而今，"创新报国70年"大型报告文学丛书首批作品即将付梓与读者见面，相信这批融合了科学与文化、倾注了心血与智慧的作品，这套向历史致敬、向时代献礼的报告文学，能让我们重温激情燃烧、砥砺奋进的70年岁月，进一步坚定执着前行、无悔奋斗的信念，去努力实现建成世界科技强国的美好梦想。

中国科学院院长、党组书记

白春礼

中国科学院学部主席团执行主席

2019年6月

目录

致敬科学家

（一）

2016年10月，北京。我平生第一次走进了中国科学院的大楼。

心里有几分陌生，几分兴奋，还有几分忐忑。上得楼去，在走廊的一面面长墙上，挂着获得过国家最高科学技术奖的科学家的大幅照片，仰头看着，心里更是无比崇敬乃至膜拜：谷超豪，孙家栋，师昌绪，谢家麟，吴良镛，郑哲敏，张存浩，程开甲，于敏，吴文俊，黄昆，王选，刘东生，吴孟超，李振声，闵恩泽，吴征镒，徐光宪……他们，才是实实在在为人类社会进步做出贡献的人。

相比之下，我感觉自己很渺小。

随后，在这座大楼里，我与其他5位作家一起，签下了"创新报国70年"大型报告文学丛书的合同。这套丛书，旨在"宣传中科院重大创新成就及杰出科技工作者群体”，再说得具体些，就是为中华人民共和国成立后取得的那些科学或技术方面的重大突破，经时间验证，为科学共同体所广泛认可的创新成果，或者经实践检验，产生了或产生着重大社会或经济效益的创新成果，树碑立传。我之所以参加了这个项目，很大程度是为了弥补我此生无法从事科学研究的遗憾。

还在我很小的时候，父亲、母亲就希望我能学好数理化，以便将来从事科学研究或者当个工程师之类的，而不要从事文字工作。说来我们家也不乏这方面的人才，父亲是北洋大学（今天津大学）毕业的高级工程师，是铁道兵的隧道专家，一辈子修路架桥；舅舅更厉害，北京理工大学教授，中国工程院首批院士，为国家做出的贡献也是非常大的；另外有个表哥，哈尔滨工业大学毕业，后为中科院高能物理研究所研究员；还有个表哥，是同济大学建筑系毕业的高级工程师……父母认为，这样的人，才是实实在在为国家和社会做贡献的人，他们希望我也成为这样的人。

其实还有个重要原因，母亲年轻时作为省报编辑，作为一个才华横溢的文字工作者，在1957年被错划为“右派分子”，吃尽苦头。这使得她认为搞文字工作是不安全的，远不如从事科研或工程技术工作来得踏实。

可是我辜负了他们。大环境的原因，是赶上了“文革”，几乎没有一个安静的教室可以用来好好读书。个人的原因，是打小就喜欢写作，喜欢读小说；而且我的数理化成绩，还没有好到可以读理工科大学的程度，何况高中毕业就去当兵了，更加远离数理化了。

尽管我今天已经有几十本书出版，也获过全国奖，还被人称为知名作家，但在我心里面，始终对自己此生未能成为一名科学家或者工程师感到遗憾，对科学家们也更加景仰。

所以，当得知中国作协与中国科学院有这样一个合作项目时，感觉特别好，甚至觉得早应有这样的项目了，让作家们来写科学家，让科学家被更多的人知道。这不仅仅是宣传科学家，同时也在传播科学。

世界上很多大科学家都非常重视科学的传播。法拉第，爱因斯坦，波恩，贝尔纳，这些伟大的科学家总是自觉地致力于科学普及或科学大众化工作。比如法拉第坚持每年圣诞节为青少年做科学演讲，长达19年。波恩则写下了脍炙人口的科普著作《永不停息的宇宙》。他说，我认为科学结论应该用每一个思考者都理解的语言予以解释。爱因斯坦则认为，传播自己研究得到的新思想是研究者的本分。这些都说明，科学家们并不打算把自己和自己的事业局限在小范围里，他们视科普为己任。那么，以文字为生的我们，虽然不懂科学，有这样的机会去接触科学家，走近科学，是责无旁贷的。

于是我报名参加了。我想以这样的方式走近科学家，以这样的方式为科学事业做点小小的贡献。同时也以这样的方式，弥补我此生的遗憾。

交代以上情况，是想说明，这次和以往任何一次写作都不同，这一次，我是怀着崇敬的心情去采访和写作的。

面对众多的选题，我费了些踌躇，单从题目看，题材都很了不起，都很值得著书立说。但最终，我选择了"中国两栖动物系统学研究"团队。虽然我对两栖动物一无所知，对这个研究团队也一无所知，但至少，我们在地理位置上近一些，我们在同一个城市——成都。

我知道这样的写作，必须反反复复采访。同居一个城市，会让我更接近他们，熟悉他们。

（二）

去之前，我读到这篇报道：

费梁及其团队：半世纪写就两栖动物资源"国情报告"
——记中国科学院费梁研究员与他的"中国两栖动物系统学研究"团队

[导读]在最近召开的国家科学技术奖励大会上，由费梁牵头的"中国两栖动物系统学研究"项目团队首次完成了我国国家级两栖动物物种编目，编研的《中国动物志·两栖纲》《中国两栖动物图鉴》《中国两栖动物彩色图鉴》，被称为中国两栖动物资源最完善的"国情报告"，并获得自然科学奖二等奖。

外出郊游时，在小溪旁或池塘边，总有一些神秘的"不速之客"与我们擦身而过，它们行动隐蔽、体态独特，有的拥有神秘变色皮肤，有的则能发出诡异的鸣叫，有的还长着"外星生物"般的大眼睛、宽嘴巴。这是什么动物？它们来自哪里？在漫长的进化中经历了怎样的旅程？当我们感慨大自然神奇造化的同时，在中国科学院成都生物研究所，一位生物学家已为了解和认识它们工作了半个世纪。他就是我国两栖动物学泰斗，今年79岁的费梁研究员。

在最近召开的国家科学技术奖励大会上，由费梁牵头的"中国两栖动物系统学研究"项目团队首次完成了我国国家级两栖动物物种编目，编研的《中国动物志·两栖纲》《中国两栖动物图鉴》《中国两栖动物彩色图鉴》，被称为中国两栖动物资源最完善的"国情报告"，并获得自然科学奖二等奖。

从上世纪60年代踏入两栖动物学科研究，半个世纪的科研生涯背后，是怎样的专注与追求？2月4日，《科技日报》记者走近费梁与他的创新故事。

在生物学研究领域，两栖动物是一个独特种群，它们处于脊椎动物中从水生到陆生的过渡类群，特有种群繁多、体貌习性各异，对它们的研究涵盖动物生活史、进化学、生态学、环境学等各个层面。在我国，虽两栖动物资源丰富，但至上世纪60年代，对两栖动物的研究尚缺乏系统调查和标本采集，缺少完整的中国两栖动物志等。

费梁参加工作后不久，就在导师带领下踏入了两栖动物学科研究领域。"当时，新中国的两栖动物研究与国外相比差很远。之前，美国、欧洲一些博物馆、研究所已采集了不少我国两栖动物的标本在国外展出，还发表了若干新物种。这可是我们自己国家的物种啊！我们心里非常着急。"费梁说。在当时经费不足、设备短缺等情况下，研究团队就下定决心，国外学者在我国发现的物种我们一定要找到，国外学者没有在我国发现的我们要首先收集到并了解它们。

与大型动物、鸟类的研究不同，两栖动物因生活隐蔽、习性独特、特有群落众多，研究工作必须进行大量的野外调研。为尽快跟上国外研究水平，从事两栖动物科研以来，费梁每年都有约半年的时间用于野外作业，最长曾在云南野外工作近 4 年。

"只有自己找到了、看到了、摸到了，才能对它们更了解。"这是一个漫长的科学探索之旅，费梁团队用标准方法调查了全国的两栖动物，收集了大量地理分布及生态习性等第一手资料，先后测定了 1.1 万余号标本，共计 17 万余个数据。

对于上述抽象数字，还有一个更有力的注解——在如今的中科院成都生物所（1958 年 11 月 13 日建所，名称为中科院四川分院农业生物研究所；1962 年 9 月，更名为中科院西南生物研究所；1970 年 12 月，更名为四川省生物研究所；1978 年 9 月，更名为中科院成都生物研究所）有全亚洲最大的两栖爬行动物标本馆。那里收藏的 400 多个不同物种的两栖动物标本，过半是费梁亲自采集、解剖、制作、绘制、记录的；而为积累相关知识，全馆 10 万多号两栖动物标本，每一个标本、每一个标本瓶费梁都进行过整理分类，都摸过、看过，甚至至今对标本瓶的大小、瓶子中标本的大约数量和福尔马林的颜色都清清楚楚。

正是这种无与伦比的专注与追求，在费梁和他的同仁的共同努力下，我国两栖动物科研取得长足发展。从 1961 年的 144 种，到 1977 年记录 204 个物种的我国第一本《中国两栖动物系统检索》出版；到上世纪 90 年代，记录 270 个物种的《中国两栖动物检索》问世；再到 2000 年至 2012 年期间，费梁他们先后编研完成《中国动物志·两栖纲》及《中国两栖动物彩色图鉴》等专著 7 部，记录 410 个物种，多达 731 万字，附图 1.2 万多幅，对我国两栖动物物种特征、生态习性、地理分布和受胁状况等最终"摸清"。而通过扎实的基础调查与研究，费梁还创建和完善了两栖动物形态鉴别标准和分类体系，打破了持续近一个世纪的传统蛙属的旧分类系统——在世界原有 4 个蝌蚪类型外，发现和定义了第 5 个蝌蚪类型：无唇齿左孔型。

时至今日，退休后的费老依然工作在野外调研的最前线，去年还与学生们赶赴成都周边的鸡冠山和青城山进行物种调查、标本采集工作。"有些学生不知道在哪里找得到样本，但对我来说，这些地方的每一个沟壑、每一条溪流，都太熟悉了。"

采访最后，费老还向记者讲了一个小故事：上世纪 80 年代，当他首次提出崭新的两栖动物分类体系构建标准时，学界曾质疑。

此事直到近年，辅以基因、DNA 技术为主导的现代生物学研究结果，才最终得到证实。"曾有学生问我，当时技术水平那么落后，我怎么能提前'洞悉'到这么多事？我告诉他：科学研究不能依靠任何人，必须自己调查过、研究过，摸过、看过、画过，解剖过、记录过，自己才最有数，才最能得出科学的结论。"

（来源：中国科技网－科技日报作者盛利，2015 年 2 月 11 日，有改动）

这篇写于2015年年初的报道，我看了好几遍。应该说报道写得很好，不但主题明确，还具体翔实，在那么短的篇幅里把两栖动物研究的脉络介绍清楚了，还把研究者介绍清楚了，还有生动的例子和对话，不易。

不过，后来经费梁老师审阅，其中还是有一些技术性的错误。当时见报时来不及订正，收入此书时在费梁老师的指导下进行了订正。写科学家，就应该学习科学家的严谨态度。特此说明。

接着说报道。"费梁及其团队"，这个是我首先注意到的，然后是两栖动物资源的"国情报告"，说明中国仅此一家。

即使如此，全部内容也就这么多了。如果2000字就能写清楚，我怎么写成一本书呢？我有些担心。他们三代人都把一生献给了这些小动物，一辈子在河沟湖畔湿地里寻找这样的小动物，然后带回实验室用显微镜观察、解剖，并进行对比研究。

能从中发现重要而有意义的问题吗?

必须走近他们,才能有所了解。

在中科院的见面会上,我见到了费梁老师的学生,中科院成都生物所的江建平主任,他看上去四十来岁,很年轻,也已经是两栖动物研究的专家了。我问起他的老师费梁,他告诉我,费老师已经80周岁了,可依然每天工作,埋头实验室,埋头写书。

听到这话我并不十分意外。我想到了我舅舅,北京理工大学的院士徐更光,他也是80多岁仍在工作,一直工作到去世。就在住院前他还打算去出差的,住院时还惦记着要参加的研讨会。你跟他交谈,一点儿感觉不出他像老人,思维敏锐,精力充沛。科学工作者一般都异于常人,只要他们的脑子在正常运转,就不会退休。不让他们做自己喜爱的工作,他们反而会不快乐。

当我说起两栖动物事业的三代人团队时,江主任笑着说,现在已经有第4代了,他的学生也投入两栖动物研究中,而且已经成为重要的科研力量。

那么,是中国四代两栖动物研究者了,我面对的是这样一个团体,感到微微有些激动。

这将是一个怎样的了不起的团队呢?

（三）

我想先从他们的研究对象，即两栖动物入手吧。

说来不怕笑话，在此之前，我对两栖动物的认知，仅限于字面上的意思，误以为它们就是可以在水陆两种状态下生活的动物。因为"两栖"这个概念已经被引进人类生活中了，比如，两栖演员，比如，两栖作战部队。（后来我才知道并非如此，并不是同时可以在水陆两种状态下生活，而是幼体在水里，成体在陆地上。）

可是两栖动物除了青蛙还有什么，我一概不知。

关于青蛙，我只知道它是"庄稼的卫士"，因为从小所受到的教育就是要保护青蛙，老师告诉我们青蛙可以吃掉稻田里的虫子，让稻子健康成长。但青蛙是怎么吃虫子的？我完全不知道。另外关于青蛙的孩子蝌蚪，其知识来源，就是那部可爱的动画片《小蝌蚪找妈妈》了。还得感谢这部动画片，不然的话，很多孩子连青蛙是蝌蚪长成的都无法知道。

于是我网购了两本写给少儿看的书，《水陆两栖动物知多少》《爬行动物和两栖动物大揭秘》。重点看了前一本，上面写着读者对象是11岁到14岁，可见浅显易懂。一路读下去，感觉很有意思。应该感激写这类科普读物的作者，让科学走近青少年。

从这本书里，我知道青蛙之所以是捕虫能手，是因为它的舌头非常灵活，它的下颌的前端连着舌根，舌尖还分叉，几乎所有的小虫子都逃不脱它的舌头。如果你把虫子放到它嘴边，它是不会吃的。它的眼睛长在头顶前端的两侧，它是一定要自己去捕捉一飞而过的小虫的。青蛙依靠肺和湿润的皮肤来呼吸。如果空气的湿度和温度发生变化，皮肤的颜色就会有变化。有经验的老农可以据此判断天气变化。青蛙发出叫声，即我们通常说的蛙鸣，是为了寻找配偶，等等。

尤其值得一说的是青蛙的那对大眼睛。前面说，青蛙是一定要等小虫子起飞才发动攻击的，为什么呢？科学家们仔细研究后发现，原来蛙眼视网膜的神经细胞分成五类，一类只对颜色起反应，另外四类只对运动目标的某个特征起反应，并能把分解出的特征信号输送到大脑视觉中枢——视顶盖。视顶盖上有四层神经细胞：第一层对运动目标的反差起反应，第二层能把目标的凸边抽取出来，第三层只能看见目标的四周边缘，第四层则只管目标暗前缘的明暗变化。这四层特征就好像在四张透明纸上画图，叠在一起，就是一个完整的图像。因此，在迅速飞动的各种形状的小动物里，青蛙可立即识别出它最喜欢吃的苍蝇和飞蛾，而对其他飞动着的东西和静止不动的景物都毫无反应。

弄清了蛙眼的结构和原理之后，仿生学家就发明了电子蛙眼，从而改进了军事上的雷达装置，使显示屏上的影像非常清晰。

当然，千千万万的青蛙中，也有一些与众不同的奇特的蛙。比如有十条腿的长尾青蛙，有在胃里孵化后代的青蛙，还有不会叫的哑蛙。

我们还是说说普通的青蛙，普通的两栖动物吧。

两栖动物属于脊椎动物门类。两栖动物小时候是在水中生活，用鳃进行呼吸，长大后才用肺兼皮肤呼吸。还有，两栖动物可以爬上陆地，但一生不能离水。它们是脊椎动物从水生到陆生的过渡类群。我想这应该是重点吧，虽然是水陆两栖，但水对它们更为重要。

其实这些知识，也可以想象到，但在没有认真关注之前，都是似是而非的概念。

两栖动物当然是动物的一部分。

索性我来科普一下，从宏观入手：

目前地球上已知的动物大约有150万种。

动物可分为脊椎动物和无脊椎动物两大类。脊椎动物，顾名思义是身体内有一根脊柱，一般个体较大；无脊椎动物则没有脊柱，多数个体很小，但种类却很多，占整个动物种数的90％以上。例如苍蝇、蚊子、蚂蚱、蝴蝶等昆虫，都是无脊椎动物。

脊椎动物又可分为鱼类、两栖类、爬行类、鸟类和兽类五大类群。

根据2016年统计：世界已知的鱼类有33200种，应该是脊椎动物里种类最多的；第二多的是鸟类，有10426种；第三多的是爬行类，有10272种，如蛇、龟、鳄鱼等；两栖动物排第四，有

7493种；兽类（哺乳动物）较少，有5515种，如马、牛、狮子、虎等。

科学的说法是，两栖动物是一个独特门类，它们处于脊椎动物中从水生到陆生的过渡类群，特有物种繁多，体貌习性各异。

再细分，两栖动物又分三大类群，有尾类、无尾类和无足类。有尾类包括蝾螈、大鲵、小鲵等；无尾类即各种蛙（青蛙、树蛙、箭毒蛙）和蟾蜍；无足类就少见了，样子有点儿像蚯蚓，但蚯蚓并不是两栖动物，一种叫鱼螈和环管蚓的，才是无足类。

量最大的是无尾类，即蛙、蟾蜍一类。

写到这里我有个发现，"多少种"的"种"字和"分门别类"的"门"字，都应该源于科学家们对动物、植物的分类吧？同时还有个小感慨，人类把动物、植物划分得如此细致，从界、门、纲、目、科、属，一直到种，扇子一样打开，但人类却把自己划分得如此简单。

接着说动物。对我来说，两栖动物里，除了青蛙和蟾蜍，其他都是第一次听说（所以写的过程中遇到好多生僻字以及没用过的词组）。我相信大部分读者对它们也是陌生的。很多人误认为乌龟、鳖都是两栖动物，显然不是，它们是脊椎动物里的爬行动物。

两栖动物的关键词，也许就是从水生到陆生的过渡类群。

目前世界上已发现并命名的两栖动物，到底有多少种？网上查询，看到好几个数字，有说2000多种的，有说4000多种的，有说7000多种的。最终费梁老师给了我一个标准答案，截止到2016年的统计，有7493种。其中中国有430种左右。对整个动物界来说，几千种还是个小数字，比鸟类、鱼类都少。

而且它们生存得很隐蔽，并没有在这个世界上闹出多大动静来。

（四）

那么，为什么要研究它们？

当然，就我掌握的常识看，研究两栖动物，不仅有仿生学上的意义（比如人类通过对青蛙那双奇特大眼睛的研究，制造出了电子蛙眼），更有环境研究上的意义。通过研究两栖动物，监测环境的改变，如土壤、水源、空气等。

不止如此。两栖动物属于生物学范畴。费梁老师告诉我，两栖动物研究，涵盖了动物生活史、进化学、生态学、环境学等各个层面，非常重要，都属于基础科学研究。

科普到现在，我想说的是，作为基础科学之生物学的重要部分，两栖动物研究是非常重要的，是生物学不可缺少的一部分。

浅显的常识告诉我，基础科学研究虽然不能马上转化为生产力，产生效益，但它却是一个国家科技是否进步的重要标志。

后来查了一下，关于基础科学，权威解释是这样的：

以自然现象和物质运动形式为研究对象，探索自然界发展规律的科学。包括数学、物理学、化学、生物学、天文学、地球科学、逻辑学七门基础学科及其分支学科、边缘学科。边缘学科有物理化学、化学物理、生物物理、生物化学、地球物理、地球化学、地球生物等。研究成果是整个科学技术的理论基础，对技术科学和生产技术起指导作用。

基础科学具有以下特点：1. 是物质运动最本质规律的反映，与其他科学相比，抽象性、概括性最强，是由概念、定理、定律组成的严密的理论体系。2. 与生产实践的关系比较间接，需通过一系列中间环节，才能转化为物质生产力。3. 一些成果的重大作用易被人们忽视。4. 研究具有长期性、艰苦性和连续性。5. 研究成果具有非保密性，一般公开发表，成为全人类共同的精神财富。

我注意到其中两点，将它们突出一下：一是，一些成果的重大作用容易被人忽视。二是，研究具有长期性、艰苦性和连续性。这两点说明，从事基础科学研究的人，必须能够忍受清贫，忍受寂寞，一生钟情于此。

换句话说，搞基础研究的人，有点儿像修行。

他们不是为了自己修行，是为了国家，为了科学事业。今天，作为基础科学的一部分，两栖动物研究在几代科学家默默无闻地奋斗了几十年之后，终于取得了非常重要的成果，并最终被国家认可！

真是非常不易。

应该让更多的人知道他们，向他们致敬。

作为一个发展中国家，科研事业的起点普遍很低。退回去几十年，我们国家在两栖动物研究方面，几乎是一张白纸，严重滞后于发达国家（其实在很多方面都滞后）。尤其上世纪30年代之前，这方面的研究几乎为零。少量的两栖动物的发现研究，多是外国传教士、外国科学家搞出来的，他们从中国带走一些样本回去解剖乃至展览。其研究成果，自然也不可能是我们的。

直到一个人的出现，我们国家才开始有了自己的两栖动物研究事业，才开始填补这一空白。

所以我觉得他就是我国两栖动物研究的鼻祖，就是中国两栖动物研究的奠基人。虽然我看到其他资料上，还是加了"之一"这样的词。

他叫刘承钊，是此次获奖的核心人物费梁先生的老师，或者说引路人。

让我们先从他开始吧。

第一章　奠基人

Chapter One

一

中国两栖动物研究的奠基人，是刘承钊先生。

虽然刘承钊先生离开人世已经40余年了，但在谈到中国的两栖动物研究情况时还是要从他开始。因为他是中国第一代两栖动物研究专家，也是今天这个两栖动物研究团队的核心人物费梁先生的老师。

在我采访费梁老师时，他多次强调，现在所取得的成绩，是三代人共同努力的结果。第一代，就是刘承钊先生，还有他的妻子胡淑琴教授。

刘承钊是我国著名动物学家、两栖爬行动物学专家，还是教育学家，因为他一生中有非常多的时间在从事教育事业，长期担任四川医学院（现四川大学华西医学中心）院长，是新中国的第一批中国科学院学部委员（院士）。

刘承钊生于1900年，卒于1976年。他的妻子，另一位两栖动物专家胡淑琴，生于1914年，卒于1992年。他们两位留下的资料都不是太多，但从仅有的资料中，我依然看到了两位伟大的科学家的身影。

作为刘承钊和胡淑琴的学生，费梁曾多次撰文纪念他们。我从他的文章中，还从其他一些资料中，大略了解到刘承钊先生和胡淑琴教授的生平和事迹。即使很简略，也让我无比感叹。这两位了不起的科学家，一生都在为共同的事业奋斗，最终为他们所创建的两栖爬行动物学研究项目，为中科院成都生物所两栖爬行动物研究室发展成中国最大的两栖爬行动物研究中心，打下了坚实的基础。中国的两栖动物研究事业将永远印刻下他们的名字。

踏遍青山，归于青山，刘承钊先生的墓地，在青城后山的味江陵园里，墓碑上镌刻着他的墓志铭："种类繁多、千姿百态的两栖爬行动物，使我忘掉了所有的艰难与险阻。"

朴实而又伟大。

二

刘承钊祖籍山东，1900年9月5日生于山东泰安。

他的这个生辰年份让我在整理资料时，感觉非常好记。世纪之初出生，接下来的任何一个年代都是他的年龄，比如1922年考入大学，那就是22岁；1976年去世，那就是享年76岁。

刘承钊原名为刘承诏，为何将"诏"改为"钊"，是他自己改的还是他人改的，我很好奇。但费梁老师也不清楚，无处查证了。

刘承钊出身于耕读世家。所谓耕读世家，即种地兼教私塾。他的父亲刘兴灿，是泰安大堰堤庄的一个农民，同时也是私塾先生。由此判断，刘承钊爷爷那一辈还算富足，还能让孩子读书。

刘兴灿育有三子，刘承钊是长子。刘承钊幼年时期读过私塾，13岁进入泰安萃英小学，之后又进入泰安萃英中学，因家境贫寒，他读书之余还要兼做扫地、打钟等杂活。即使如此还是时读时辍，中学阶段他曾两度辍学，到泰安博济医院做护理工作以帮补家用，一直到22岁才高中毕业。当然，在上世纪二三十年代的中国，一个孩子能高中毕业已经不易了，22岁也不算晚。

高中毕业后，刘承钊考入了北京汇文学校预科，两年后以优异的成绩考入燕京大学心理学系。但一年后，因为对动物学产生了浓厚的兴趣，他转入了生物系。在生物系系主任胡经甫、知名学者李汝祺教授的熏陶培养下，开始踏入动物研究领域。

这段经历让我很好奇，他是怎么在读心理学的时候，对动物学产生了兴趣呢？是他身边有什么爱好动物的人，还是他读到了什么有趣的书？照理说心理学和动物学，还是很有距离的呀！

我反复查找资料，只找到一条线索：刘承钊童年时痴迷于青蛙，以至于人称"青蛙迷"。看来，这就是原因了。一个童年的爱好，就会影响一生？作为心理学，这也是值得好好研究的。

1927年，刘承钊从燕京大学毕业，因为成绩优异，留校任助教，同时攻读硕士研究生课程。显然他是个学霸，两年后便获得了硕士学位。

1929年，燕大毕业后的刘承钊，应聘到沈阳的东北大学生物系任讲师。那时他已意识到，我们国家是一个两栖爬行动物资源非常丰富的国家，不能眼看着国外学者拿走物种进行研究，他认为那样是中国的耻辱。他便利用课余时间，开始对我国北方两栖爬行动物进行调查，并对我国北方部分蛙类和蟾蜍的第二性征与性行为等进行研究。那个时期我国在两栖爬行动物研究方面几乎是空白。他的研究，完全是在走一条前人没有走过的路。

青年时期的刘承钊，就这样确定了自己的人生道路，然后坚定地走上了这条道路。

1931年"九一八"事变爆发，日军大举进攻东三省，刘承钊不愿做亡国奴，更坚定了"读书救国""科学救国"之志。他回到了燕京大学任教。

在燕京大学任教期间，他在美籍教授博爱理（Alice M. Boring）女士的指导下，继续从事两栖爬行动物研究，并与博爱理教授合著了《中国北方两栖爬行动物手册》一书，于1932年出版。

1932年，东北全境沦陷，北平（现北京）也危在旦夕。刘承钊担忧自己的事业会中断，在博爱理教授的推荐下，获得了美国洛克菲勒基金会的资助，到美国康奈尔大学研究生院深造，攻读博士学位。

刘承钊来到美国纽约州的伊萨卡，师从康奈尔大学赖特（Albert H. Wright）教授，主攻两栖爬行动物学。为了在获得资助的短短两年时间内完成博士生课程及学位论文，他非常勤奋刻苦，成绩也十分优异，深受导师赖特的赏识。赖特对他的评语是一个"特别能干的学生""是我所遇到最有才华的学生之一",并在评语单上的最高档次 excellent（出色）之前加上 very（非常）一词。

由此可见，刘承钊当时的学业有多么优秀！这个细节，给我留下了非常深刻的印象。

两年后的1934年春，刘承钊如期获得了美国康奈尔大学的哲学博士学位——这里我又有些不解了，为什么研究两栖动物，却是获得哲学博士学位呢？

我就此询问了费梁老师，费梁老师说，可能是翻译错误，应该是理学博士学位。

如此，就好理解了。

刘承钊完成的博士论文，就是关于两栖动物的，题为"中国蛙类和蟾蜍类的第二性征"，此文系统地记述了我国蛙类和蟾蜍类63个种的不同类型的第二性征，并附有12个图版，探讨了这些蛙类与蟾蜍类的生活习性、繁殖行为、和生殖隔离有关的适应现象，并做出了较为完善的解释和规范化的描述。

刘承钊的这一论文，被选入康奈尔大学的学位论文集。他因学业成绩优异，荣获了科学和教育两项金钥匙奖，并被选为美国Sigma-Xi自然科学荣誉学会会员。

刘承钊立志学成后回国，为祖国的两栖爬行动物学研究做贡献。在回国之前，他抓紧时间到华盛顿等地参观考察，又取道欧洲，先后到英国、法国、德国、奥地利等国的博物馆，查看了保存在那里的中国标本，并特别观察了模式标本。因为在20世纪30年代以前，中国的两栖爬行动物分类学研究，几乎都由这几个国家的科学工作者越俎代庖了，他们在中国零星收集一些标本，就发表了50余个新种。这些发表出来的新种既不全面，也缺乏阐释和说明。

刘承钊深有感触地提出："在中国应该全面进行两栖爬行动物调查，用第一手资料来充实和发展这门学科，对国外学者在分类学研究中存在的一些问题应予以澄清，开拓这一领域。"

1934年秋，刘承钊回到阔别两年多的祖国，继续从事两栖爬行动物学的研究。他被教育部聘为苏州东吴大学生物系教授。从那时起到1937年离开，两年中他利用课余时间，先后对北方草蜥、虎斑游蛇、滑蜥、鳖的生活史以及北方狭口蛙的骨骼进行了解剖研究，发表了一系列科研论文。尤其对无尾类的第二性征进行了深入研究，其中《无尾目的声囊类型》一文，在系统比较研究了他曾在世界各地观察到的544种蛙类标本的声囊形态后，根据声囊孔的位置、形态及其变异和过渡类型等，将其归纳为7个类型，首次提出声囊的形态可作为划分原始声囊类型的依据，对声囊之有无和类型与系统发育关系有无相关性发表了自己的见解。1935年，他还发表了《无尾两栖类的一种新的第二性征——雄性线》一文。雄性线特征是他在国内解剖狭口蛙时发现的，此后他在世界各国博物馆观察共计553个种，分隶91属的蛙类标本及活动物后才正式发表这篇论文。这一显而易见的雄性线在过去竟然被各国众多的形态和解剖学家所忽视。因此刘承钊的这一发现，即在繁殖生物学与性行为的研究中发现雄性线，引起了国际动物学界的极大兴趣和关注，而且在研究蛙类的第二性征及物种分类鉴定方面具有重要意义。

虽然对以上所表述的学术成就我不太明了，也是照抄照搬，但我还是能感觉到，刘承钊当时所做的研究，不仅为我国的生物学研究做出了贡献，也为世界生物学领域做出了贡献。

三

1937年8月13日，日军进攻上海，东吴大学被迫于10月15日迁往浙江省吴兴县（现浙江湖州）。在此之前，日本动物学会曾请刘承钊去参加学术会议，并许诺给予他开展科研工作的种种便利条件，但他断然拒绝："我不愿到一个侵略自己祖国的国家去为学术而学术。"

由于战火一天天迫近，学校不得已于11月14日关闭。次日，刘承钊带领部分生物系学生及职工共22人，于深夜离开吴兴县前往四川。

彼时正值冬日，师生们冒着战乱，尝尽艰辛，历时两个多月的跋山涉水后，终于在1938年1月27日到达成都。

在跟随刘承钊一起前往成都的20多位师生中，有一位就是胡淑琴。她当时刚刚从东吴大学毕业，尚未来得及开始自己的事业，就遇到了战乱，不得不跟随刘承钊和其他师生一起，转移到四川。

　　胡淑琴是江南女子，1914年2月13日出生于江苏常熟。后考入东吴大学生物系，曾是刘承钊先生的学生。在跟随刘承钊迁徙到成都后，先后在华西协合大学和四川医学院工作。1941年与刘承钊结婚。此后30多年，无论是生活还是事业，她一直与刘承钊先生相伴，直到1976年刘先生去世。他们育有3个儿女。

　　后来，这部分从苏州迁徙到成都的师生，并入华西协合大学。刘承钊受聘为该校生物系教授，兼任该校自然历史博物馆馆长及成都燕京大学生物系主任和理学院院长，还担任了《华西边疆研究学会杂志》自然科学部的编辑。

　　到四川去，到成都去，虽然战乱是主要因素，但其实也暗含了刘承钊的愿望。因为他一直希望能到中国西部高山高原自然条件下去研究动物，特别是蝾螈与蛙类的生活。所以，尽管到成都后他身兼数职，工作繁重，生活困难，但他依然利用所有假期及一切机会，从薄俸中挤出钱来，带领师生到山区去采集蛙、蟾、蜥、蛇的标本。与大型动物、鸟类不同，两栖爬行动物生活隐蔽、习性独特、特有群落众多，研究工作必须进行大量的野外调研。

　　刘承钊常说："搞科研的人要有不怕冒险的精神和战胜困难的信心，只有这样才能得到更多的第一手资料。"他带着学生深入人迹罕至、荆棘遍野、野兽出没的横断山脉地区考察，跑遍了四川的峨眉山、青城山、夹金山、大凉山和甘孜，还远涉至青海的西宁，甘肃的兰州、玉门等地。四五年时间里，共进行野外调查11次，采集点多达90多处，行程8000余公里，其中半数路程是靠双腿步行的。攀悬岩、涉急流、露宿荒山野岭都是常事。很多时候，他们比探险家还要艰苦，面临更多危险。在西康昭觉（今四川凉山彝族自治州）燕窝圹采集标本时，刘承钊还不幸感染上了斑疹伤寒，险些丧命。但是他发自内心地说："中国西部地区种类繁多、千姿百态的两栖爬行动物，使我不知道有艰难危险。"

我很能理解他的这种感受。一个对自己的事业无比钟爱的科学家，眼里只有研究对象，只有对真理的渴望。对研究两栖动物的人来说，恰恰是那些荒无人烟的艰苦地区，随时可能发现惊喜。的确，正是那一次次的野外调查收集到的标本和资料，为他日后的两部巨著打下了坚实的基础。

川西生态环境的多样性，给种类众多的两栖动物物种形成提供了条件。这期间，刘承钊共发现两栖动物28个新种，并建立了1个新属，还对许多种类的生活史做了详尽的观察与研究。比如在峨眉山，他发现了峨眉髭蟾（俗称"胡子蛙"），是首个经我国动物学家深入研究鉴定出来的新属、新种髭蟾，为我国两栖爬行动物分类学研究揭开了新的篇章。

那段时间，刘承钊在"华西两栖类自然史的研究"这一题目下，共发表了12篇有独到见解的论文，为中国两栖类生活史的研究积累了大量宝贵的第一手资料。

美国著名动物学家拉塞尔（Lazell）博士在《刘承钊的足迹》一文中，对他这个时期的工作给予了高度的评价，说："刘承钊在其著作中始终保持着一位才华横溢的两栖爬行动物学家的优良气质。譬如对有尾类，他不仅记述了它们的犁骨齿数及前后肢间的肋沟数，而且还做了详尽的形态和习性方面的描述。对于标本的采集地，不仅记述经纬度和海拔，而且还对凛冽的急流险滩、光滑的鹅卵石堆、湿热的雨林乃至霜冻的冷杉林等生态环境进行描述。"

根据考察获得的大量标本和丰富的生态及形态记录，刘承钊在1946年以前先后在《北京自然历史》杂志、《华西边疆研究学会杂志》以及美国的*Copeia*（《两栖爬行学报》）等刊物上，发表了论文30余篇，详细介绍了两栖类若干种的生活史，发表新种9种，建立了一个我国特有的新属——髭蟾属。这些论文为他的第一部专著《华西两栖类》奠定了基础。

1946年，刘承钊经美国芝加哥自然历史博物馆两栖爬行动物部主任研究员施密特（Schmidt）博士的安排，由美国国务院资助，再度访问美国。

到美国后，刘承钊以交换教授身份，在母校康奈尔大学以及芝加哥大学等高等学府，做了关于中国两栖动物研究的演讲。他被芝加哥自然历史博物馆聘为名誉研究教授，并被美国人类学和两栖爬行动物学家学会授予"终身国外名誉会员"的称号。

　　刘承钊在美国访学期间，大部分时间待在芝加哥自然历史博物馆里，用自己带来的标本、资料、彩图进行研究，夜以继日地奋笔疾书，完成了长达400页的英文专著《华西两栖类》。

　　我很庆幸去过芝加哥自然历史博物馆，只是我仅仅参观了两个小时，而且主要是参观了兽类等大型动物和鱼类等比较好看的小动物。也许爬行动物和两栖动物，都是比较容易被人忽视的吧？

　　《华西两栖类》一书于1950年由这家博物馆出版，在国际两栖爬行动物学界引起了极大反响，而且至今仍被视为研究中国两栖动物的经典著作。

　　美国*Copeia*期刊在1950年第4期对此书的评价是："这部巨著积累了作者20年的研究成果，包括分类、分布、习性、生活史……其所采集的地域又是世界上鲜为人知的地方。绝大部分材料，特别是生活史及蝌蚪完全是新的，这些都是极有价值的。对于世界两栖动物的研究，这部书无疑是一项重大的贡献……"

　　我认真查了一下，得知*Copeia*是美国有关冷血脊椎动物学的官方学术期刊，专门发表关于鱼类、两栖类和爬行类的学术文章，为季刊。刊名是以爱德华·德林克·科普（Edward Drinker Cope）的名字命名的。他是美国著名科学家。该期刊一直到今天都有很大的影响力。

　　1947年，刘承钊放弃了国外安定舒适的生活与优越的工作条件，回到了祖国，仍担任华西协合大学生物系教授。

那个时期，国民党政府已极其腐败，倒行逆施，发动内战，民不聊生。为此，反对国民党政府的学生运动如火如荼。刘承钊毅然站在革命学生一边，参加他们的秘密集会，掩护进步学生，做了大量有益于革命的工作。同时，依然利用一切机会就近做些专业调查，继续他的科研事业。

四

1949年，中华人民共和国成立。1950年，刘承钊接受燕京大学的聘请到该校担任生物系主任，同时被聘任为中国科学院动物标本整理委员会副主任委员。

1951年夏，西南军政委员会文教部又把刘承钊从北京请回成都，担任政府接管后的华西大学第一任校长。1953年院系调整后，华西大学改为四川医学院，刘承钊则改任院长。

1955年，刘承钊被选为中国科学院第一批学部委员（院士），并担任《中国动物志》和《中国动物图谱》编委会副主任、中国科学技术协会编委会副主任、四川省科学技术主席等职。

刘承钊深感为国家培养高级医务人才的责任重大，全身心地投入行政领导工作中。上世纪50年代的高等学校正处于建设阶段，工作非常繁忙。他在工作中明确自己应重点抓三件事：一是坚持教学为主，做好教学组织管理工作；二是抓科研工作，努力提高全院的学术水平；三是发挥教师在教学中的主导作用，做好高级知识分子的思想工作。

刘承钊十分重视做好知识分子工作，经常和老教师谈心，许多老教授都把他当成知心朋友；他也十分关心青年学生，经常视察学生课堂、寝室与食堂，对学生嘘寒问暖，尤其关心工农学生能否跟上学习，竭力主张给他们补好文化课。

刘承钊一心为教育事业操劳，深受广大师生的崇敬与爱戴。他从事教育工作40余年，为中国培养了大量的动物学工作者，其中一些人已成为知名的科学家。他对学生循循善诱，严格要求，精心培养，并以自己治学严谨、踏实认真和一丝不苟的精神影响着学生。他教育学生搞科研要专心致志，锲而不舍。他常说："方向看准了一直走下去，就会有成就。"这一切都给他的学生留下了深刻的印象。

以上这部分内容来自网络。虽然文字枯燥，但我相信是非常真实的，而且我从费梁老师口中得到了证实。

费梁老师说刘承钊先生是个非常温和的人，正直善良，为人师表。即使做领导，对下属也总是和颜悦色，再忙再乱也不发脾气。因此在师生中有很高的威望，非常受人爱戴。即使在"文革"的混乱年月，他也没有被学生们揪斗。作为一个留学归来的"当权派"，实属罕见。

尽管学院领导工作繁重，刘承钊却没有忘记他钟爱的两栖动物。他深知，两栖动物是环境优劣的"晴雨表"，也是研究环境地史变迁的模式动物。中国的两栖动物物种丰富，但对它们的系统学研究始终落后于世界水平，既没有自己的标本馆藏，大部分物种还不为外界所知，更没有完整的两栖动物志。所以，展开中国两栖动物系统学研究，是他和妻子胡淑琴案头的首要工作。

1956年起，学校的教学工作逐步走上正轨。刘承钊不仅号召学校师生们大力开展科研工作，他本人也以身作则，重新投入两栖动物的研究中。他把野外调查的领域，拓展到了云南、贵州、广西、陕西、海南、福建、西藏、湖北、安徽、湖南等十几个省（自治区、直辖市），亲自带队或组织调查队前往考察，采集到大量的标本，发现了数十种我国新纪录物种。

1957年，已经57岁的刘承钊先生，不畏艰辛，参加了由中国科学院组织的中苏联合热带生物资源考察队，到西双版纳进行科研考察。考察队居住在茅草房或古庙中，每日在热带雨林中登高爬低，跋山涉水，顾不上蚂蟥的偷袭和蚊虫的叮咬，仔细寻找蛙、蛇等两栖爬行动物，采集了数以千计的标本，获得了许多新种和中国新纪录，并取得前所未有的边缘学科资料。刘承钊先生兴奋地说："这可真是来到了'世外桃源'，我梦寐以求的夙愿终于实现了。"

每当他抓到一个新种时，便如获至宝，马上认真记录生态环境情况，细心观察生活史，像爱护自己的孩子一样养育着它，或者马上将其固定成标本，以免逃失后难以复得。

虽然捕获新种让他很开心，可他从不单纯地为追求新种而轻易发表，总是要经过反复对照研究才下结论。他采集的若干新种，都是等若干年后才正式问世。而且他亲自搜集并掌握了大量的自然界的第一手资料后，并不占为己有，总是和团队一起分享，充分体现了自然科学家应有的崇高的学术美德。

1959年，刘承钊与胡淑琴、丁汉波合著的《中国动物图谱：两栖动物》一书出版。1961年，他又与夫人胡淑琴合著了《中国无尾两栖类》，由科学出版社出版。该书记载了当时已知中国无尾两栖动物120种及未定名的11种蝌蚪，对许多属都做了讨论，指出该属分类现状及今后应研究的问题，对后来的学者很有启迪。

1964年，我国第一个两栖爬行动物研究室在成都成立，从此加大了对两栖动物研究的力度。刘承钊倍受鼓舞，以更大的热情和强烈的使命感，投入事业中。虽然他依然担任着四川医学院的院长，但他是这个学科的学术带头人，是领军人物。

也就在不久前，组织上专门指派了青年学者前来协助刘承钊的工作。助手之一，就是费梁。刘承钊追求真理的精神，对事物高度的洞察力以及务实考察的求实态度，都让费梁十分敬佩。在刘承钊、胡淑琴等老一辈学者的熏陶培养下，费梁亦逐渐成长为两栖爬行动物研究的专家。

尽管刘承钊先生有着繁重的行政工作，但依然放不下他钟爱的两栖爬行动物研究事业。费梁回忆说，1965年夏，已经65岁的刘承钊先生又一次提出要和年轻学者一道搞野外调查，而且是去偏远的大凉山。

"起初我们都劝他不要去了，那里太艰苦，他毕竟已经年过花甲。"费梁回忆说，"但最终还是拗不过他的执着和坚持。他和我们一起出发了。一路上，刘承钊先生兴致勃勃，给我们传授野外采集的经验和有关知识，对各种环境中的两栖类都讲解得十分详细，让我深受教益。到达大凉山后他特别高兴，无比感慨地说：'现在这里的情况，和我1942年第一次到大凉山时比，已经好多了。'"

接着，他给大家讲述了自己23年前随一个医疗组到大凉山"冒险"采集标本的经历。

大凉山是彝族同胞集居的高寒山区，海拔2000～4500米。进入大凉山区采集标本是非常危险的。但刘承钊依然勇敢前往，在环境极为恶劣、生活十分艰苦的条件下长时间工作，每天只能以土豆、荞麦充饥。当时彝族山寨房屋简陋，屋中只有一个火坑，没有床铺，彝族同胞夜间就蜷曲在火坑边睡觉。刘承钊丝毫没有退缩，他白天坚持工作，夜晚常露宿于荒山野岭，他实在是被那里丰富多样的蛙类迷住了，忘记了寒冷、饥饿和危险。

由于在高寒山区工作耗费体力太大，工作时间又长，以致刘承钊过度疲劳，加上营养不良，体质不断下降，他终归还是病倒了，染上了可怕的斑疹伤寒。当时医疗组的条件极差，只好请人用木棒捆成担架，经两天的长途跋涉，将刘承钊抬到西昌。当时他已昏迷了7天，生命垂危。后经近两个月的治疗，病情稍稳定才回到成都。可以说，那次野外考察，刘承钊差一点就献身于大凉山了。

刘承钊先生的讲述，让费梁等青年学者深受感动。老一辈科学家为了事业不畏艰苦的精神，就这样点点滴滴地传承。到达越西县普雄镇后，费梁和刘承钊先生就分开了，刘承钊去了西昌至攀枝花一带，费梁则和另一位同事江耀明，在越西县普雄镇地区搞野外调查，长达两个月之久。

刘承钊对我国西部横断山脉地区的动物区系极感兴趣。这里的两栖爬行动物极其丰富，很多尚无人所知。他说："如果我这一生，能把世界瞩目的我国西部横断山脉地区的两栖动物分类真正搞清楚，那就是我对祖国、对学术界做出了贡献。"

源于此，1973年，刘承钊以73岁的古稀之龄，再次提出去西藏高原考察，后经体检被医生劝阻未能成行。

但他仍不甘心，又一次前往四川省宝兴县境内，攀登了夹金山，经过一个多月的风餐露宿，完成了他一生中的最后一次野外考察任务。考察归来，他很是感慨地写下了这样一首诗，表现出一位科学家老骥伏枥、献身两栖爬行动物研究事业的执着追求：

踏遍青山人未老，愿为祖国献余年。

七三好似三七壮，采得蛙类著新篇。

五龙溪畔听蛙喧，夹金山麓捉角蟾。

回首远看云压顶，低头近见水冲天。

五

在刘承钊及其助手们的共同努力下，他们在历次考察中获得大量的新资料，发现不少新种和国内新纪录。以刘承钊为主，又发表了有关分类区系方面的论文10余篇。这些论文不仅为刘承钊的第二部专著《中国无尾两栖类》积累了资料，而且为《中国动物志·两栖纲》和动物地理区划提供了依据。

刘承钊先生在科研工作中治学态度严谨，学风正派踏实。在鉴定物种时，不单纯以成体标本的形态为依据，同时要观察各物种的整个生活史以及查找生物学资料予以验证。他不草率写文章，更不轻易下结论，文章必须以事实为依据。在理论上他并不囿于前人的某些论点，而往往根据他所掌握的实际资料去充实或论证前人的论点，或提出他独到的见解。他凭借渊博的业务知识和科学的分析判断能力，充分利用所积累的标本资料，通过细心的研究，撰写和发表论文60多篇：其中中文17篇，英文46篇；有关两栖类的51篇，爬行类的12篇。其内容广泛，涉及动物形态机能与适应、分类区系、生态环境、生活习性与生活史，还对蝌蚪做了详尽的描述。他个人或与他人合作发表两栖动物新种60多种，新属2个，还发现若干国内新纪录。

除以上贡献外，刘承钊的科学成就主要汇集在他的两本专著中。

一本即他用英文完成的《华西两栖类》。

该书详尽地描述了中国西部地区两栖类74个种，并有大量附图和图版。同时结合横断山脉复杂的地理和气候因素，从多方面科学地分析了该地区的区系特征，并提出"我国西部山区是山溪鲵、齿蟾和齿突蟾、髭蟾、角蟾、蟾蜍等类群的分布中心，而且可能是起源中心"的论断。

该著作于1950年由美国芝加哥自然历史博物馆正式出版，共400页，其内容之丰富，附图及彩色图版之质量均处于国际领先地位，深受国内外动物学界人士赞赏，广为国内外同行学者所引用。*Copeia*杂志曾专稿对该著作做了书评。可以说该书是国际学术界研究中国西部两栖类的一部经典著作。

第二部著作，即他与胡淑琴教授共同完成的《中国无尾两栖类》，于1961年出版。

这部巨著48.4万字，在我国首次论述了无尾类的分类系统及分类特征，成体的适应及第二性征，蝌蚪的适应、地理分布等；描述了当时我国已知的无尾两栖类120种。其特色是比较全面地描述了科、属、种的形态和生态，并阐明了在分类上的地位及系统发育关系；同时提出若干值得深入研究的问题；反映了我国无尾类物种的水平分布和垂直分布以及在横断山区蛙类物种的南北地理替代现象，为动物地理区划提供了重要的资料；进一步凭借更多的资料提出"我国西部高山区可能是两栖类中某些类群的分化中心"的科学推断；还有附图100幅，照片和彩色图版34版。无论从内容上还是质量上均达国际先进水平，既有实用价值，又有重要的理论和学术意义，无疑为促进我国两栖动物深入研究和学科发展起到了指导作用。专著出版后广为国内外学者所引用，至今仍然是研究我国两栖动物的重要参考书，在学术上具有权威性。

刘承钊先生对已取得的成就并不满足。他说："搞科研的人要有一种锲而不舍的钻劲。"他认为："中国科学家有责任用中国人的第一手资料来充实、发扬、澄清两栖动物在分类上的问题，为该学科的发展多做出贡献。"他遵循这一目标坚持不懈地与助手们一道去野外采集标本（刘承钊先生第一次去夹金山考察时39岁，第二次去夹金山考察时已经73岁），在室内认真地观察、分析和总结。在完成以上两部专著后，刘承钊又着手中国角蟾亚科的分类研究并领导《中国动物志》两栖纲和爬行纲的编写工作。即使在动乱的"文化大革命"期间，他也经常在研究室内默默地解剖标本，积累资料。

遗憾的是，刘承钊于1976年因心脏病骤发，不幸与世长辞。

他的宏愿，写作第三部专著《中国角蟾亚科的分类研究》

和领导编写第四部专著《中国动物志·两栖纲》，未能在他生前实现。但是在他指导下的"中国两栖爬行动物分类区系的研究"在1978年和1979年分别获得全国科学大会奖和四川省科技进步奖二等奖；他的专著《中国无尾两栖类》一书，也在1987年获得了国家自然科学奖二等奖。

六

1976年刘承钊先生去世后，胡淑琴教授一如既往地继续着他们共同开创的两栖动物事业。她不仅是刘承钊先生的妻子，更是著名的两栖爬行动物学专家，尤其在蛙类的分类和系统发育方面，有自己独到的研究成果。

其实胡淑琴早在1940年就开始发表有关两栖动物的研究论文了。先后发表（包括与合作者共同署名）论文约40篇。其中70年代受"文革"影响，论文不能署个人名字，均署名为四川省生物研究所。但其中由她发现的新种，在脚注中或新种拉丁名后有署名。

胡淑琴是1941年与刘承钊结婚的，婚后不但没有放弃事业，反而在事业上更加努力。我想这也是刘承钊先生了不起的地方，他没有让妻子退回到家庭事务中，而是让妻子继续发挥她的聪明才智，为社会做出自己的贡献。

1956年开始，刘承钊和胡淑琴共同组织两栖动物研究方面的专家和青年学者，进行远距离的考察，先后赴四川、云南、贵州、广西、福建、海南等地。之后，二人与其他合作者共同研究，发表了许多文章，包括新的分布资料、新阶元和物种的生活史信息。

胡淑琴描述了两栖爬行动物新种50个，其中44个是蛙类和有尾类，分隶9个科，包括蝾螈科2种、角蟾科9种、蛙科16种、树蛙科10种等。这些新阶元，是与刘承钊和四川省生物研究所的同事合作发表的：其中两栖类，是与费梁、吴贯夫、杨抚华、叶昌媛合作发表的；蜥蜴类和蛇类，是与赵尔宓合作发表的。

她还与他人合著了几本专著。其中有3本鉴定用工具书：一本是1959年出版的《中国动物图谱：两栖动物》（作者：刘承钊，胡淑琴，丁汉波），一本是1962年出版的《中国动物图谱：爬行动物》（作者：胡淑琴，胡步青，丁汉波，黄祝坚），1987年又将上述两本书合编成《中国动物图谱：两栖爬行动物》（再版作者：胡淑琴，赵尔宓，王宜生，江耀明，黄庆云）。其主要著作是1961年出版的《中国无尾两栖类》一书，与刘承钊合著。该书包括多幅成体和蝌蚪的水彩图。

胡淑琴自1964年起，担任中科院西南生物研究所两栖爬行动物研究室主任。费梁、叶昌媛自派到四川医学院学习两栖爬行动物研究后，一直就给刘承钊和胡淑琴两位老师做助手，但刘承钊老师是四川医学院的院长，行政工作繁忙，到实验室的时间较少，所以费梁夫妇与胡淑琴教授相处的时间更多。他们与胡淑琴同在一间办公室长达十几年。

"我们在一间大办公室，里面有一间小办公室，就是胡老师工作的地方。"费梁说，"胡老师跟刘老师有两个共同点，都是工作非常认真，待人非常谦和。"

胡淑琴曾在四川大学教书，教的是动物分类学。到了生物所后，专职从事两栖动物研究。由于身体不好，出野外困难。她原先的助手是四川大学生物系和四川医学院生物教研室的老师或实验员，他们去野外考察采集标本回来，由她观察，查阅资料，分析鉴定，确定物种。因为有的品种在野外就能鉴定，有的必须拿回来比较鉴定。在费梁他们调入后，力量更强了，出野外采集的标本更多了，故那些年新增的物种很多。

胡淑琴也曾在60年代前往广西大瑶山和贵州西北部等地考察，在两栖动物多样性调查及区系研究中，取得了不少的成就。

刘承钊先生去世后，1977年，胡淑琴还与叶昌媛、费梁合著了《中国两栖动物系统检索》一书，她为第一作者。因为受"文革"影响，该书依然署名为四川省生物研究所。

费梁老师告诉我，胡淑琴教授的身体一直不好，尤其到了冬天，时常住在医院里，主要是支气管炎，心脏也不好。那个时候生活条件差，没有暖气，成都阴冷的冬天让她时常无法出门。气管炎发作时，喘息到不能说话。刘承钊去世后，她越来越虚弱，孩子们不在身边，她一直靠一位老保姆照顾。

即使如此，她还是没有放下工作。1987年，73岁的她，还主持编撰了一部青藏高原科学考察丛书《西藏两栖爬行动物》（作者：胡淑琴，赵尔宓，江耀明，费梁，叶昌媛，胡其雄，黄庆云，黄永昭，田婉淑）。

1992年12月，胡淑琴因病去世，享年78岁。

在她去世后，1993年，又有两本著作得以出版：《拉英汉两栖爬行动物名称》（作者：胡淑琴，赵尔宓，江耀明，费梁，黄庆云，叶昌媛），该书包含了全球的两栖爬行动物；《中国珍稀及经济两栖动物》（作者：叶昌媛，费梁，胡淑琴）。在2006年出版的《中国动物志·两栖纲（上卷）》（作者：费梁，胡淑琴，叶昌媛，黄永昭）中，依然有她的研究成果。

刘承钊与胡淑琴两位科学家，把自己的一生，都献给了中国的两栖动物研究事业。

费梁曾撰文写道：

刘承钊是我国两栖动物研究事业的奠基人，他从事教育和科学研究工作近50年，为人谦虚谨慎，平易近人，严于律己，诲人不倦。他重视培养人才和使用人才，他对学生循循善诱、严格要求，并以自己献身科学、锲而不舍、一丝不苟、治学严谨的精神去教育和影响学生。他认为：一个真正热爱自己专业的人，应该活到老，学到老，不断进取，以严肃、认真、踏实的学风钻研问题，不断有所发现，有所创新。在他的教诲下，不少学生已是教育或科研战线上的骨干，有的担负教学或国家重点科研项目，有的继承他的事业正在继续完成他的遗愿，有的已成为国内外知名的动物学家，他们在不同的岗位上正在为我国的教育、动物学研究和两栖爬行动物学科的发展积极地工作并做出显著成绩。凡与他一道工作的人，无不钦佩他严谨的科学态度，坚忍不拔的求实精神，埋头苦干一丝不苟的工作作风。他的每一篇论文和专著都是用第一手资料汇集而成，他的每一项成果都凝聚着他的辛勤劳动和汗水，他为我国两栖爬行动物学研究做出了卓越的成绩。

由此我们可以知道，作为两栖动物研究的奠基人，刘承钊传给后人的不仅仅是学术研究的基础，不仅仅是最初积累下的两栖类物种研究成果，还有一个科学家对科学研究的精神世界。他严谨的治学态度，坚忍不拔的求实精神，一丝不苟的工作作风，这些，才是开展两栖动物研究最坚实的基础。有了这样的基础，费梁他们团队，才能踏踏实实地一直走到今天。

第二章　传承

Chapter Two

七

刘承钊先生去世已经40余年了。可以告慰他老人家的是，这40余年来，中国的两栖动物研究事业依然在发展，并且不断推出新的成果，还获得2014年度国家自然科学奖。

我们再来看一篇报道：

中科院科学家为蛙痴迷50年　三代人积累终获自然科学奖

中新网成都 2015 年 1 月 14 日电（记者　胡敏）"要记录青蛙的个体发育到变态的过程，得 48 小时不能睡觉"，因为感冒，79 岁的费梁还没来得及取下输液胶带，在接受记者采访时他与老伴叶昌媛一起讲述了过去的工作。拉上实验室的窗帘，就是他们"我为蛙狂"的天地。

日前，费梁和叶昌媛夫妇所在的中科院成都生物研究所两栖动物系统学研究项目获得了国家自然科学奖二等奖，他们的研究团队，经过 50 余年的积累，三代人的努力，重新定义了中国两栖动物。

1961 年以前，中国的两栖动物系统学研究没有系统采集，已知物种少，演化研究几乎为零。中国物种多样性在全世界排名第五，而两栖动物系统学研究几乎是在空白中起步。

"这是一个接班任务"，叶昌媛和费梁先后于 1960 年和 1961 年踏入中科院成都生物所的大门，所里领导交代的任务就是跟着著名动物学家刘承钊和胡淑琴夫妇学习研究中国两栖动物系统学，做接班人。

这个班一接就是 50 余年，步入两栖动物系统学研究之初，学畜牧学出身的费梁几乎一头雾水，许多基本的概念还不清楚。经过一段时间后，费梁发现里面的学问很深，从一个门外汉转变成了行家。

实验室、宿舍、野外，三点成了费梁工作的全部。"那个时候，我们野外考察都得带上十多件行李，时常在没有人烟的地方"，费梁说，到了夜晚都是铺上铺盖睡在荒山野岭。

基础研究需要时间积累，行走在崇山峻岭间和埋头于实验室里，都不能中断。即使在"文革"期间，费梁和叶昌媛以及他们的老师刘承钊和胡淑琴夫妇，都还保证有半天的时间工作。

"在老师那里学到最多的就是他们治学的严谨态度。"费梁说。做学问，实践后的事实才能反映成果，老师们的人品和知识让其终身受益。

在工作中，费梁曾连续 48 小时不睡觉，只为记录青蛙的个体发育到变态的过程，拥有好视力的他曾视网膜脱落，只为通过显微镜手绘细如针的青蛙骨骼。

费梁感冒未好，但讲到过去的工作经历依然思路清晰，叶昌媛也不时补充。和老师一样，费梁和叶昌媛后来也成了伴侣，如今他们两位已成了中国两栖动物系统学研究领域的泰斗。费梁用"志同道合"来形容与老伴的关系，在工作中他们也有争得面红耳赤的时候，不过，他们的意见最后都会统一，这个统一标准就是"事实"。

1996 年费梁退休，他把接力棒交给了自己的学生江建平、谢锋等人。从第一代已故的胡淑琴教授，到第二代费梁和叶昌媛，再到他们的学生江建平、谢锋等人，三代人用眼睛细微观察两栖动物结构，用双腿走遍中国各地采集标本。50 余年来，他们创建和完善了中国两栖动物鉴别标准和分类体系，完成了国家级两栖动物物种编目。三代人完成的《中国动物志·两栖纲》《中国两栖动物检索》等著作已成为国内外两栖动物鉴别与分类的重要标准。

"做学问苦，做基础学问更苦，人们往往忽略了基础研究。"中科院成都生物所党委书记叶彦说。科学研究是一个积累的过程，基础研究的意义就在于先有理论，才有实践。

来自法国的世界著名两栖动物学家迪布瓦（Alain Dubois）教授曾这样评价费梁等人的研究成果："不仅对中国，而且对世界各国研究两栖动物的科学家来说都是十分有用的，他们提供一个独一无二、完整的中国两栖动物名录，这将在世界范围内产生一种推动作用。"

目前，费梁和叶昌媛夫妇还处于退而未休的状态，他们下一个任务是编著400余万字的 *Amphibians of China I*（《中国两栖动物 上卷》英文版）。

费梁老师为"中国两栖动物系统学研究领域的泰斗"，在开始采访之前，我还没注意到这个称谓，在我采访之后，我觉得他当之无愧。

在两栖领域，费梁和妻子叶昌媛，无疑是全世界最杰出的科学家之一。他们把自己的一生都献给了两栖事业。他们是真正志同道合的伴侣，真正相濡以沫的夫妻。

成都生物所所长赵新全在为费梁和叶昌媛的学术论文集作序时，这样总结了他们的学术成果：

1. 创建和完善了两栖动物形态鉴别标准和分类体系，揭示了中国两栖动物丰富的多样性。发现新种（亚种）72种、国家新纪录种14个，恢复物种名10个，分类订正18种；高级阶元分类中突破性地建立1新科、5新亚科、18新属，恢复5属；定义世界第5个蝌蚪类型，促成浮蛙科的建立；构建了形态特征的定性和定量判定标准，发展了图文并茂的分类鉴别手段和方法，开发了成体、蝌蚪及卵的分类检索工具，创建并不断完善了分类体系。为两栖动物系统与进化生物学以及相关学科发展奠定了重要分类学理论与方法基础。

2. 揭示了蛙科、叉舌蛙科、角蟾科、小鲵科的系统发育关系、地理分布格局及其成因，论述了其对高海拔及水陆生境的适应进化机制。阐明叉舌蛙科和浮蛙科的科级分类地位，系统论述了传统蛙属和叉舌蛙科的物种组成及其亲缘关系；发现角蟾科齿蟾属和齿突蟾属在横断山区的地理分界为北纬 28° ±1°，其骨骼系统等随海拔升高和水栖性增强而退化；小鲵科动物在中生代主要广布于东亚并分化为多型科，因青藏高原隆升而形成间断分布。其结果阐明东喜马拉雅 - 横断山区及中国中部山区是我国两栖动物物种的形成和分化中心；为两栖动物分类体系建立提供了有力证据，为横断山区古北界及东洋界的划分提供了重要依据；丰富了亚洲两栖动物系统演化、物种分化与地史变迁关系的理论，推动了全球两栖动物学的深入研究。

3. 首次完成了两栖动物物种国家级编目，全方位展示了各物种生物学信息。编研出版《中国动物志·两栖纲》（上、中、下共 3 卷，2006 年，2009 年，2009 年）、《中国两栖动物图鉴》（1999 年）、《中国两栖动物彩色图鉴》（2010 年）和《中国两栖动物及其分布彩色图鉴》（2012 年），图文并茂地全方位展示了物种特征、生态习性、地理分布和受胁状况等；论述了两栖纲的历史和系统学研究进展，阐明了中国已知两栖动物的物种多样性；对约 50% 的物种进行了深入讨论，提出有待解决的问题。成果为全面认识和了解我国两栖动物资源奠定了重要基础，是拓展两栖动物系统与进化生物学研究的基石，是全球和区域两栖动物评估的重要依据，为两栖动物的保护与管理提供了重要支撑。

　　这些总结是很专业的，一般人不易看懂。我虽然也不甚明了，但能够感觉出他们非常了不起，在两栖领域有重大建树。

　　他们的学生，此次一同获奖的两位两栖动物研究科学家江建平和谢锋，为老师归纳的可能要通俗一些：

　　叶昌媛研究员和费梁研究员先后于1960年和1961年毕业于四川农业大学，毕业后被分配到中国科学院成都生物研究所，工作至今。他们于1961年和1962年先后被派遣到四川医学院协助刘承钊和胡淑琴教授从事两栖爬行动物学研究工作。此后50余年来，他们潜心致力于两栖动物系统学研究，可以说"细察蛙蟾一甲子，踏遍大江南北"。他们几乎每年都到野外采集标本，参与采集的标本达4万号左右，并收集了大量生态学和地理分布资料。通过研究系统地推进两栖动物分类和区系、专科专属的系统发育研究以及物种多样性国家级编目，发表学术论文约190篇、已出版专著27部，取得了丰硕成果，并获得国家自然科学奖二等奖等20多项各级科技成果奖励和荣誉称号。

　　我特别注意到其中的几个数字，4万号标本，约190篇学术论文，27部专著，20多项各级科技成果奖励和荣誉称号。这几个简单的数字，是他们用一生换来的，而且是专注的一生，钟情的一生。

由他们传承刘承钊先生而开启的两栖动物研究事业，是两栖动物研究事业的幸事，也是科学事业的幸事。

八

2016年10月24日，我按照预约，去采访中科院成都生物研究所的费梁老师。

在成都居住了36年，居然第一次走进这个院子：中国科学院成都分院。照说这里距离我家不算远，开车也就半小时左右。可是，竟然从来没进来过，甚至都没注意过有这样一扇门。我曾经几次到过它旁边的电脑城，也到过它对面的四川省军区。这说明了什么？往小了说，是我离科学太远；往大了说，科研领域在当下（或者一直）依然在社会中处于默默无闻的地位。

虽然是科分院的院子，却和我去过的其他院子没有太大区别，生活区是热闹而杂乱的，像个小社会，超市、饭店、洗衣店、邮局、银行应有尽有；工作区比较整洁安静，有一个很正规的挂牌的大门。

我在成都生物所办公室干事张轶佳的带领下，径直走进一座大楼。感觉这楼很老旧，也许是苏式建筑吧，楼梯是那种坦坦的宽宽的范儿，每一个台阶都很矮，我甚至有些不习惯。

一路走上去，有一点儿走向上世纪70年代的感觉。

在二层楼走廊尽头的一间很小很杂乱的办公室里，我见到了费梁老师。费老师中等个子，清瘦，头发花白，气质儒雅，穿了一件很旧的抓绒衣，领子边儿都起毛了。但他的精神状态还不错，看不出是一位80岁的老人。来之前我在网上看到过他的照片，所以基本没有陌生感，好像原来就认识一样。

但让我意外的是他的工作环境，那么小，那么旧，那么拥挤。

也许之前看到的资料，让我产生了这样的感觉，他这样一个了不起的科学家，应该有一间宽敞明亮的办公室才对。

办公室15平方米左右，两张办公桌一摆，再加上几个破旧的书架，转身都困难。办公桌上摆着两台电脑、两台显微镜和一些资料，几乎没什么空地了。幸好费老师不抽烟，否则连放烟灰缸的位置都没有。因为资料太多，小书架根本放不下，地上也堆满了。在靠窗的墙角还有个水池，上面放着拖把。我问怎么会有水池呢？费老师说，这里原来是一间实验室。

哦，难怪，我一上楼，就闻到了各种不太好闻的化学试剂的味道，一路走过来，每间屋子都摆着瓶瓶罐罐。显然这个楼不是办公楼，而是实验楼。

我环顾一圈，不知道自己该坐哪儿。后来费老师拉开办公桌顶端一把小电脑桌的椅子让我坐，他说这样我可以在电脑桌上记笔记。

　　我坐下来，发现费老师坐的，是一张连靠背都没有的最简易的圆凳子。我说您坐那个椅子能行吗？他说可以的，习惯了。我看到椅子上好歹有个坐垫。心稍安。

　　说老实话，我实在是太意外了。在我的想象中，像费老师这样的大科学家，泰斗，怎么也应该有间二三十平方米的大办公室，除了办公桌，怎么也该有两张沙发，可以让他在工作中间偶尔休息一下。可是这间办公室，除了硬凳子，连皮椅都没有一把。

　　但接下来我听到的，更加让我吃惊。

　　第一，这个办公室不是费老师一个人的，是他和老伴儿共用的。他的老伴儿叶昌媛老师，也是成都生物所的科学家，退休后与他共同编撰 *Amphibians of China I* 。费老师指了指桌子对面一个狭小的位置说，那是她的位置，她一会儿就来。

　　第二，即使是这个办公室，也是需要交租金，缴水电费的。幸好他们的学生返聘了他们，承担了这间办公室的租金和水电费。

　　1998年叶昌媛年满60岁，按理需要办理退休手续。但是，当时叶昌媛和费梁两个人手中都还有课题没做完，而且都是国家重大或重点项目。由于课题正在进行中，必须使用仪器、标本和资料。费梁已经退休，一直是通过叶昌媛使用仪器设备，如果叶昌媛再退，他们就担心无法使用设备和资料了。

　　叶昌媛便跟管理部门商量，希望能让他们将《中国动物志》和国家基金重点项目等任务完成后，再办理退休手续，清退物资。最终协调的结果是，暂缓办理退休手续，但是所里给的每月100元钱的退休补助金要暂时被扣发。

我听了非常感慨。退休后，大多数人会选择放弃工作，乐得清闲。但叶昌媛和费梁，却无法放弃他们钟情一生的事业，他们宁可牺牲个人利益，也要继续他们的事业。

我知道费梁、叶昌媛夫妇，早已硕果累累，出版专著多部，并获得多项奖励：2010年《中国两栖动物系统进化及保护》获四川省科技进步奖二等奖；2012年《中国两栖动物彩色图鉴》获第四届中华优秀出版物奖图书奖，2013年又获第三届中国出版政府奖图书奖提名奖；2014年"中国两栖动物系统学研究"获国家自然科学奖二等奖。这些成果是他们克服多种困难后完成的，当然也得到所、室领导的支持，这些成果为生物所争得了很多荣誉啊！

我半开玩笑地说，既然退休了，你们还工作干吗，辛苦一辈子，就干脆回家好好休息，和孩子们在一起享受天伦之乐嘛。

费梁老师笑道，不行，不管遇到多少困难，我们都必须完成国家的科研任务。

他说的科研任务，就是要完成《中国动物志》《中国两栖动物图鉴》等巨著，这些巨著就是2014年获得国家自然科学奖二等奖的主要报奖内容。还要完成 *Amphibians of China I* 一书，这本书还不包括在他们之前获奖的内容里。

费老师说，中国的两栖动物研究必须与国际接轨，这本英文书对国际学术交流十分重要，我们积累了这么多第一手资料，写出来传下去是我们的责任，也是我们的使命。趁着现在我们的身体还能支撑，一定要做完这件事。

"这是我们的使命。"费老师很庄重地说出了这些话，"是我们从上一辈科学家手上接过来的使命，必须完成。"

九

就在我和费老师交谈的时候，门轻轻开了，叶昌媛老师走了进来。她脸色不太好，精神状态也不佳。

费老师为我们做了介绍，然后告诉我，叶老师因为身体不好，去年做了心脏支架手术，前不久又住院检查，今天刚出院。

刚出院，就走进了办公室！我真不知道说什么好。

其实他们两个人身体都不好。费老师长期白细胞低至2000，并患有慢性胃炎和十二指肠溃疡，左眼因视网膜脱落曾一度失明；而叶老师则因阑尾炎和脑出血两次住院。特别是脑出血，非常危险，幸好及时送医院抢救过来，但至今仍经常要去医院复查。

我不知道该怎样表达我的担心，但叶老师却和蔼地笑笑，坐下来，默默地听我和费老师谈话。

费老师从柜子里搬出厚厚的沉甸甸的书稿给我看：第一部长达1000多页、200余万字的英文专著已经完成。"出版社正在编辑印刷中，预计近期出版。目前我们正在编第二部。这里面不仅对中国两栖动物研究做了全面系统的总结，也记述了中国学者对全球两栖动物学研究的重大贡献。"

原来如此重要。难怪他们夜以继日，不辞辛劳。

我又说，那你们就在家编写嘛。家里条件总要好一些。

费老师笑笑，原谅了我的无知。他耐心解释说，我们这个编撰工作，不只是写文字，还要核查标本，做大量的骨骼标本图片，所以必须一边研究一边编撰。比如一条青蛙的腿，要在显微镜下解剖，再拍照，再编辑到书稿里，我们是离不开显微镜，也离不开标本啊，所以必须在实验室进行。

是啊，我怎么就忘了，*Amphibians of China* 的图是重要的一部分。而这些图没有现成的，每一张图都必须是他们亲自解剖，亲自拍摄，亲自上传到电脑里制作出来的。不像我这个写小说的，有一台电脑就够了。

费老师当即让我到显微镜前，看他正在解剖的一条青蛙的腿，其骨骼有的像鱼刺一样，必须在显微镜下，才能看清。

我说，那你们可以申请课题经费吗？

费老师说，退休前可以。但经费很少，要用到方方面面。而且课题多、压力大，经费也不够。现在退休了，不允许我们申请课题了。老实说，即使我们可以再申请课题，也不想申请了，因为我们手头这本稿子工作量实在太大，已经占去了我们的全部时间和精力，不能再做其他了。

困难就困难一点儿吧，费老师温和地说。

好在，他们有学生，他们的学生对两位老师非常敬重，也非常了解情况，他们知道两位老师即使退休了，也无法放下未竟的事业。于是通过返聘的方式，为两位老师解决了这些问题，包括办公室的问题、使用仪器标本资料的问题。于是，他们才有了这间拥挤的杂乱的小工作间。

为了珍惜这来之不易的办公条件，费老师和叶老师，每天在这间小小的杂乱的办公室，要工作近10个小时。他们的每一天是这样度过的：

早上八点半上班，工作到中午十二点，有时是十二点半。然后一起下班，叶老师去买菜，费老师去做饭。吃完午饭，稍事休息，两点半上班，再工作到晚上九点钟左右。

那么晚下班，晚饭怎么解决？我刨根问底。费老师说他的胃不好（慢性胃炎加十二指肠溃疡），不吃晚饭。叶老师就热一点儿中午剩的饭菜吃。晚上九点钟后，他们回家一边洗漱一边看电视，十一点左右睡觉。

日复一日，没有周末。如前所说，即使是春节大假，他们也是过了年初二就来办公室了，亲戚们拜年，都要到办公室才能见到他们。

费老师再次说，这本 *Amphibians of China* 已经编写9年了，我们无论如何，也要在2017年完成出版。

如此辛苦的研究工作，如此卓越的科研成就，让我有些好奇他们的收入。我问，费老师，您方便告诉我您二位的收入吗？

费老师温和地笑笑说，我们俩都差不多，从1996年退休到2007年，每月退休金不到3000元，我比叶昌媛多100元政府特殊津贴。她也是享受政府特殊津贴的，是一次性的那种，共5000元。我是每个月100元那种。

每月不到3000元？实在是太让我意外了！

估计我的表情让费老师觉得我不相信。他站起身来，从文件柜里拿出个文件夹，他说，你看看我们的工资条吧。

我打开看，一个大本子里，按年月贴着工资条，那一瞬间让我想起了父亲，父亲也总是仔细地保存着自己的工资条。只是父亲是按年代放在一个个信封里的，费老师更仔细，跟做标本一样，一条条贴在本子上。我大致看了下，费老师和叶老师的工资，从1996年退休到2010年，每月退休金加各种补贴在2200～3200元。近几年来国家逐年调整工资有所增加。

费老师笑说，我从参加工作起拿每月56元多，一直拿了20年，到1979年才开始增加。到退休就是2000多元。

这个我知道，因为我父亲也是拿一成不变的工资拿了20年。问题是，改革开放以后，就没有迅速增加吗？就我的经历，80年代起工资就不断提升了。

费老师又温和地说，我们还算好，生活不困难，子女都工作了，收入比我们还高些。再说近几年，国家也给我们退休人员涨工资了。我们从2010年的3200元，逐年都在增加，现在把所有项目加起来，我们一个月也有5000多元了。除生活和旅游外还有节余，这都是政府对我们退休老人的关心。

即使是5000多元，你也很难在这个数字和科学家之间画上等号。

总的来说，科研人员工资偏低，难怪现在很多年轻人都不愿意从事科研工作，尤其不愿意做基础科学的研究工作。我心里不断地想，国家应该在这方面多给些补贴啊。

我问，两栖动物研究，应该有社会意义吧？

费老师不假思索地说，肯定有社会意义。它跟环境有关，两栖动物是环境好坏的标志性动物，环境好两栖动物多，环境污染，树木没有了，两栖类就会减少甚至灭绝。环保部门也特别重视对两栖动物的考察，目前正在进行全国第二次两栖动物调查。

我说，可是我在一本资料上看到，美国某地发现了变异的两栖动物。在我看来，美国的环境污染问题比较少，为什么也会发生变异？

费老师说，两栖动物变异的原因很复杂，有环境改变的刺激，也有遗传因素，还有的是胚胎受到损伤，甚至有咬伤导致。为了找出变异的多种原因，我们也做过很多实验，比如把某些两栖动物的部分肢体切掉，看是否能重新生长，生长之后是否变异。这里面有很多值得研究的问题，需要深入分析鉴定。

我看费老师一说到这些就滔滔不绝，忍不住问，您二位一辈子废寝忘食，不计名利，甚至顾不上自己的小家，来研究两栖动物，你们的孩子对此有什么看法？他们没有继承你们的专业，是不是因为看到你们太辛苦了？

费梁老师坦率地说，他们没能继承我们的事业，不完全是因为看到我们辛苦，也是由于我们顾不上管他们。我常年不在家，去野外考察，叶老师又要工作又要照顾家庭，而且她一直身体不好，所以我们根本没时间辅导孩子学习，加上当时的状况，孩子也没读到好的学校，没有考上大学。后来女儿是去美国读的大学，儿子则自学成才。儿子去年负责的一个科研项目，也获得了四川省科技进步奖一等奖，让我们感到欣慰。

告别时我抱歉地说，我这采访，耽误你们的时间了。

费老师笑说，没事儿，你来是短时间的。接着他又说，说实话，你来采访、写书，连同两年前的报成果，都是我们从来没想过的。

叶老师也在一旁连连点头，说我们只想着把事情做完，根本没想到会得奖。

费老师说，我们所新来的赵所长，上任后做调研，了解到了我们这个情况，知道我们一直在做课题，并且取得了一定的成果，他就提议给我们报成果，没想到就得奖了。

我说，还好，虽然荣誉来得有点儿晚，但总算来了。

但我在网络上搜索，居然没有搜到费梁老师的介绍，也没有叶昌媛老师的介绍。和他们有关的，就是得奖之后的几篇报道。这让我又是一番感慨。

也许，科学家的特质，就是默默无闻地工作。

费老师说起此次获奖，语气也是淡淡的，并没有特别激动："我们所做的，主要集中在区系调查与分类研究，专科专属的系统发育研究以及两栖动物国家级编目。在师承两栖动物区系和生活史研究基础上，从解剖、胚胎、行为、生态、生化电泳等方面对两栖动物进行了综合研究，提出了若干创见。"

简单的几句话，外行是无法看出其中的不易的。我从资料中获悉，该项研究创建和完善了两栖动物形态鉴别标准和分类体系，揭示了我国两栖动物丰富的多样性和科属间的系统发育关系，阐明了东喜马拉雅-横断山区及中国中部山区是我国两栖动物的形成和分化中心，并构建了形态特征的定性和定量判定标准，为两栖动物系统学研究与进化生物学以及相关学科发展奠定了重要分类学理论与方法基础。

目前，这些成果已广泛用于环保部门的生物多样性保护计划的制订、物种现状评估，各级渔政部门的保护与管理和行政执法，海关和林业公安执法检查以及自然保护区建设中的两栖动物的物种鉴别、种群现状的了解及其保护等多方面。

我说，你们这个奖很不容易啊。

费老师笑笑说，我们从来没想过要评奖，还是新来的赵所长提出来的，让我们申报奖项。我说，要报，就报我们三代人，我的老师，我的学生。这不是一代人能做出来的。

2015年费梁老师八十寿辰之际，他的学生们、晚辈们，为他们夫妇编辑出版了一本大型画册《贺费梁叶昌媛先生八十寿诞：探蛙知音》（以下简称《探蛙知音》）。我在其中读到了赵新全所长在费梁八十寿辰时写给他们夫妇的贺信，信中充分肯定了两位科学家的卓越成就和优秀品质：

费梁和叶昌媛先生一生都在两栖动物的科学世界里探求真谛，一生都在默默地传递着知识的薪火，面对名利的起落，他们处之泰然。他们不仅以自己严谨和勤奋的科学态度在两栖动物研究领域做出卓越的贡献，更以淡泊名利和率真的人生态度诠释了科学家的人格本质，他们的人格魅力和学术成就将激励成都生物所一代一代的科技工作者为我们既定的目标而努力奋斗！

（2015.7.11）

我还在里面看到了中科院副院长张亚平院士的贺信，成都生物所党委书记叶彦的贺信，还有许许多多同行科学家以及学生晚辈们发来的贺信和贺词。这些贺信和贺词，所表达的，全部是由衷的敬意、钦佩和感恩。它们让我感受到了两位科学家在大家心目中的分量，在科学领域里的地位。

告别时，我请费老师给我一个手机号，我怕贸然来访会打扰到他，还是希望先电话联系。

他略有些为难，说他的手机基本不用，好多功能都不会。我说，那就写办公室电话吧。因为我知道，他总是在办公室。

套用那句话：他不是在办公室，就是在去办公室的路上。

费老师从纸盒里抽出一张纸片（那盒子里放了一摞事先裁好的扑克牌大小的纸片，一看就是废物利用），很认真地在上面写下了他和叶老师的名字以及电话。之后，他还是从怀里掏出手机，照着贴在手机背后的小纸条抄下了号码。他记不住自己手机号，因为基本不用。手机很新，是部高档智能手机。

我说，您女儿给你买的吧？他笑眯眯地说，是的。因为我知道，他那个随时要拍显微镜下图片的数码相机，也是女儿买的。

费老师写名字时，我忽然说，我的外婆也姓费。不过我是浙江人。没想到费老师说，我的祖籍也是浙江。我说，您不是重庆奉节的吗？他说，我们家是从曾祖爷爷那代迁居到奉节的。费老师接着说，她（指妻子叶昌媛）家也是从广东迁居到四川的。

原来我们都是移民，我也算是移民到四川了吧。

让我们来走近这两位科学家吧。

费梁老师是重庆奉节人。1936年生。

奉节在著名的长江三峡之一瞿塘峡的峡口。他们家是中医世家，父亲在县城开了一间中药铺，家境还算不错。但因为孩子比较多，生活依然是困难的，有的孩子夭折了，还有的孩子不得不送到亲戚家去。费梁在家中排行老五（前面夭折一个），故被弟妹称呼为五哥，也曾在幼年时送到乡下保姆家托养，一直到8岁才回到父母身边。所以费梁读书比较晚，8岁才念小学一年级。

因为孩子多，太辛苦，费梁的母亲在他小学三年级时就去世了。费梁说到此强调说，我母亲是在我读小学第5册课本的时候去世的。这样的表述，可以看出此事对他影响很大，一定是刻骨铭心的。

费梁虽然读书晚，却很努力，也很会读，一直顺利地读完了初中，然后考入了奉节高中。

奉节有高中让我意外，我以为他得到重庆去上高中。

费老师说，不，奉节有高中，因为奉节曾经是夔州府政府驻地。

我回来查资料才知道，原来奉节在明朝时置有夔州府。到了明末清初，李自成、张献忠起义军多次转战夔州，李自成死后，起义军余部组成"夔东十三家"，与清军大战于川东。战乱延续多年，人民迭遭兵乱、饥馑、病疫，出现"村不见一舍，路不见一人"的荒凉景象。到了清康熙年间，政府开始采取轻徭薄赋、永不加赋等措施招民垦荒，外省贫民开始迁移入此，奉节人口才得以恢复。至嘉庆元年（1796年），奉节一下增添了10余万人口，是奉节历史上规模最大的一次移民。

如此想来，费梁的祖上，也许就是那个时候移民到奉节的吧。因为曾经为州府政府驻地，所以奉节是有高中的。不过费梁读高中时，全校就52个人，而且这52个人，来自附近3个县，奉节、巫溪、巫山。所以能考上高中，也是相当不容易的，比现在考大学难多了。

费梁于1953年考入了奉节高中，毕业后，于1956年考入了四川农业大学的畜牧专业。当时他20岁。

四川农业大学在雅安。雅安有三雅，雅鱼、雅女和雅雨。前面两个都很好，雅鱼好吃，雅女美丽。但雅雨就不好说了，我到过几次雅安，都是阴雨绵绵的。

当年费梁进入大学，也是受不了这个绵绵阴雨。从9月入学，一直下到入冬。冬天的雨可是害人，阴冷潮湿，沁入骨髓。偏偏费梁的身体比较弱，可能是长期缺乏营养的缘故，一直有头晕的毛病。加之家境贫寒，穿得非常单薄，连双鞋都没有，每天赤脚上课。他的两只脚很快就冻坏了，每天早上下床，一沾地就痛得钻心。校医也无奈，建议他去雅安专区医院看看。他在专区医院针灸了半个月，脚疼终于好了。但头晕还是不见好，后来又患了痢疾，身体很虚弱，耽误了大量的课程，最后只好休学。

1957年元旦后，费梁回到了奉节家中。好在父亲是中医，给他吃中药，帮他调养。半年之后，他的身体终于恢复了，也没留下任何后遗症。到秋季开学时，费梁重新回到了学校，复读大一。

重新回到学校的费梁，更加珍惜大学生活了，他的成绩优异，其他方面也表现很突出，被选为学生干部，各方面都得到了锻炼。

从费梁和他的老师刘承钊的经历中，我发现一个规律，过于贫穷的饥寒交迫的家庭，几乎是无法培养出大学生乃至学者的，有时连识字的可能性都没有；而那些特别富裕的家庭，常常也很难培养出优秀生。往往是比较贫寒，却还有一定经济能力的家庭，可以培养出大学生来。我母亲的家庭也是如此，外公是小职员，收入微薄，孩子多，生活困难，但好歹还有一点儿能力让孩子读书，哪怕是半工半读的学校。外公是个开明的人，无论男孩女孩，都让他们学点文化。这样我母亲才能考上新闻学校，舅舅才能考上大学。

费梁的父母一共生育了9个孩子，因为生活困难，有抱养给亲戚的，只有两个考上了大学，一个就是费梁，另一个是抱养出去，在重庆长大的妹妹费树芬。费梁兄妹的名字里都有木，费梁说因为他们是木字辈。我暗想，会不会和父亲是中医有关？

1961年夏天，费梁以优异的成绩毕业了。

60年代的大学生是国家包分配的，因为大学生太稀缺了，太珍贵了。但必须遵循一个原则，即无条件地服从分配，到祖国最需要的地方去。费梁所在的农大，则提出了三个"95%"的口号：95%到基层，95%到第一线，95%到甘阿凉。所以费梁也做好了去艰苦地区的准备，他在表格上写下了"坚决服从分配，到祖国最需要的地方去"。

但他完全没想到，自己会成为那5%。他们年级共60多人，仅有4人分到了省城，省农业厅、省科委、省农科院，还有中科院四川分院。这4人中就有他——他被分到了中科院四川分院农业生物研究所。

费梁怀着感激，怀着兴奋，也怀着一小点忐忑，来到了成都。

费梁在成都，不但找到了他钟情一生的事业，还找到了他相伴一生的伴侣，叶昌媛。

很有意思的是，第一代的两栖动物专家刘承钊和胡淑琴是夫妇，第二代的两栖动物专家费梁和叶昌媛也是夫妇。这两对师生之间，不仅在学业上有传承，在婚姻观念上也有传承。夫妻俩有共同的事业，一辈子互相理解，互相支撑，共同实现理想。

十一

叶昌媛老师的经历，与她的丈夫费梁，有太多的相像之处，除了年龄比费梁小两岁之外，其他的经历都极为接近，以至于让我吃惊。

首先，叶昌媛和费梁一样，祖上都是移民。费梁的祖上是从浙江移民入重庆，叶昌媛的祖上则是从广东移民入四川，到了四川西昌。叶老师家至今还保留着一些广东人的生活习惯和说话习惯。

第二个相同点是，两个人都出身中医世家。费梁父亲是奉节城里的中医。叶昌媛的家则在西昌礼州镇，是一个相对落后的小地方，但父亲也是当地的中医，叶昌媛由此获得了受教育的机会，6岁就进小学读书了。

第三个相同点是，费梁有一个当兵的哥哥，叶昌媛则有一个当兵的姐姐，而且两个人都是在高中时期遇到家庭经济困难，分别由当解放军的哥哥和姐姐资助完成学业的。费梁的哥哥费栋，1949年11月参军，两次赴朝抗美援朝作战，战争结束后调广东海南部队医院任内科党支部书记，后转业到重庆市奉节县工作。叶昌媛的姐姐叶昌惠，1951年6月从学校参军，在原成都军区某部当卫生兵，1958年转业到四川木里县工作。

第四个相同点，两个人都出生在子女众多的大家庭，两个人都是排行第五，故叶昌媛的三个弟弟叫她五姐。两家父亲为了生计无力管教，而母亲去世较早（叶昌媛的母亲在她小学四年级时离世），他们都是靠自己的努力或靠哥哥姐姐代管长大的。因此两人都没有继承父亲事业，没有成为中医。

第五个相同点，就是他们考入了同一所大学。只是费梁因为身体原因休学一学期，比叶昌媛晚一年毕业。但即使晚毕业一年，他们还是被分配进了同一个单位，成了同事，有了一辈子的共同事业。

第六个相同点，两个人都是研究员，都享受国务院特殊津贴。

真的是不能再巧了。在我所认识的夫妻里，是唯一的。

当然，要说不同，就是叶昌媛先毕业，先分配。费梁因为身体的原因，复读一年。

1960年夏天，刚刚大学毕业的叶昌媛，被分配到中科院四川分院农业生物研究所。

1958年到1962年，成都生物研究所叫四川分院农业生物研究所，戴着"农业"这顶帽子。这让我想起读中学时（上世纪

70年代），我们的化学课和生物课也被叫作农业基础知识课。四川分院农业生物研究所建于1958年，人员是从各个大学调来的老师，那时候这方面的人才非常缺乏。

没想到的是，叶昌媛一到所里，组织上分配给她的第一项工作，竟然是去牛场养奶牛。一个女大学生，去养牛，这在今天看来是不可思议的，但在当时觉得很平常，都是工作。

那正是被今天的我们叫作"困难时期"的年代，很多人在饿肚子，很多人营养不良，养奶牛就是想改善一下营养。既然是组织安排，叶昌媛就毫无怨言地去了，牛场在成都郊区琉璃厂。虽然在大学里学过一些饲养知识，但实践还是第一次。她认真钻研饲养技术，自己琢磨着配饲料，观察牛的习性，又无师自通地学会了挤奶。牛场条件极其简陋，连饲料盆都没有，叶昌媛就用自己的洗脸盆来喂牛。她还观察发现牛喜欢出去走，她就每天牵着牛去山坡上遛。其中有头牛脾气暴，还踩伤了她的脚，过了一个多星期伤口才好。春节时其他工人都回家过年去了，叶昌媛独自一人守着牛场，自己做饭，同时喂牛，估计这是今天的大学生无法想象的。

艰苦的生活给予了叶昌媛极大锻炼。

后来，叶昌媛回到了研究所，开始在胡淑琴老师身边，学习两栖动物系统学研究。

当时的生物所，基本上都是刚毕业的大学生，除了胡淑琴老师外，还有几位大学讲师级专家。人才的极度缺乏，既是挑战，也是机遇。可以说，机遇还大于挑战。年轻人可塑性强，只要肯努力，肯下功夫，在实践中弥补学业上的欠缺，很快就可以出成果。

叶昌媛意识到了这一点，格外努力，第一次野外考察就非常用心。她跟着四川医学院生物教研室的杨抚华老师，去花萼山和光雾山考察。虽然两栖小组就她一个女同志，但她和男同志一样吃苦耐劳，很快就学会了采标本的整个流程，还学会了怎样定点，怎样记录，总之，掌握了整个考察的步骤。于是第二年去二郎山野外考察时，她就担任了队长。

我笑着说，进步很快呀。

叶老师笑着说，那样的环境，逼也被逼成了骨干。

十二

1961年，费梁也毕业了，也分配到了中科院四川分院农业生物研究所。成为同事后，费梁和叶昌媛这对曾经的同学，在校园里结下的情谊在工作中更加深了。

那个年代，青年人彼此间的好感，主要是建立在事业心上，对方事业心强，爱学习，那就没说的。共事后，费梁看到叶昌媛作为一名女性，在工作中不怕吃苦，善于学习，自然心生好感；而叶昌媛看到费梁总是那么认真地钻研业务，工作中很仔细，态度很严谨，也是心生佩服。而共同的事业又让他们彼此之间互相理解，于是很快建立起了深厚的感情。1963年，他们结婚成家了。

尽管成家，事业依然是他们的生活重心。他们大量阅读相关文献资料，自学动物分类学、胚胎发育及脊椎动物比较解剖学，并通过野外采集、整理和鉴定标本，快速对两栖动物有了直观认识。工作两年后，就可以独立开展工作了。随着对两栖动物的分类鉴定、生活习性、地理分布等基础知识的熟悉和积累，费梁开始慢慢喜欢上了这一研究领域。

但是，道路依然是艰辛的。

1964年3月，费梁跟着考察队去了海南，叶昌媛因为有孕在身留在了家里。眼看要生产了，费梁却无法照顾她，只得在走之前，从老家奉节找了一位远房侄女，请侄女帮助照顾叶昌媛。

6月12日，叶昌媛清楚记得这一天，那天所里购买的装标本用的瓶子运回来了，至少有十几大筐。可是所有的男同志都去野外考察了。只有胡淑琴教授和叶昌媛在家。胡老师一个人无法将瓶子一一放到实验室的架子上，就让叶昌媛帮忙。叶昌媛就挺着大肚子搬瓶子。由于反复弯腰劳作，第二天她感觉肚子疼，显然是要临产了。胡老师连忙带着她去了四川医学院。

由于是一大早，医生告知还没有空床位（要中午出院病人办完手续后才有）。当时刘承钊先生就是四川医学院的院长，只要胡淑琴教授说明这层关系，并解释孩子的父亲因为工作不在家，肯定是可以被关照的。但胡老师习惯了严格要求自己，从不走丈夫的后门。她一声不吭，又带着叶昌媛去了另一家妇产科医院。到了那家产院没多久，叶昌媛就生产了，生下了他们第一个孩子，大女儿费幼聪。

此时作为父亲的费梁，依然远在海南。

虽然有小侄女照顾，但小侄女也只能照顾白天。夜里叶昌媛很渴，就一个人出来找水喝，那个时候医院条件差，叶昌媛受了凉，得了产后寒，开始发烧，不得不多住了一个星期才出院。

叶昌媛就靠着小侄女的协助，自己坐月子，自己养孩子。

孩子两个月时，侄女在外面找到了工作，要走了。叶昌媛只好跟胡老师汇报，胡老师便把费梁从海南叫了回来。好在那个时候，考察也快要结束了。

费梁见到女儿时，女儿已经两个多月了。

当时两人虽然在生物所上班，但一直住在四川医学院的集体宿舍里。有了孩子后，四川医学院也不可能给他们分家属房，因为他们毕竟不是四川医学院员工。在生小孩前生物所分了半间房子给他们，让他们从四川医学院的集体宿舍搬出来。所谓半间，就是一间房子住两家人，他们那一半，就十一二平方米。一家三口在那里住了四五年。

直到1968年所里的房子建好了，费梁夫妇才分到一间约30平方米的房子，虽然四家人共用一个水龙头和厕所，但感觉好多了。

那个时候，他们已经有了第二个孩子，儿子费翔。因为两个人都要上班，只好请了个保姆带孩子，成了五人同居一室，什么家具都没有，连饭桌都没有，只能在凳子上吃饭。

那些年，费梁经常去野外考察，坐上解放牌卡车，带着帐篷、标本箱、煤油炉和铺盖卷，一出去就是三个月或半年。叶昌媛在家不但要上班，还要照顾孩子。即使有保姆帮忙，也是非常劳累的。

尤其是1969年，费梁奉命去云南的昆明动物研究所，参加一项国防科研项目，即研制蛇药。费梁一去就是四年。当时大女儿才5岁，小儿子只有几个月。叶昌嫒自己还每天要上班，实在无奈，她只好把小儿子托养到一个职工家属处，自己带大女儿。但很快就有人告诉她，小儿子在别人家很可怜，每天坐在门口的竹椅上哭，流清鼻涕。她心疼不已，又接了回来。当时正是经济低迷、物资极度匮乏的年月，什么都买不到，要买点儿鸡蛋、肉类，还得跑到郊区去。且不说经济条件，叶昌嫒也根本没时间去郊区买吃的。为了孩子的营养，她只好悄悄养只母鸡，以便让两个孩子每天能合吃一个鸡蛋。她自己就胡乱对付。一段时间下来，叶昌嫒常常感到心慌气短，头晕眼花，连路都走不动了。去医院检查也查不出病因，回家吃点东西就要好一点儿。她估计是严重的营养不良。

到1971年，叶昌嫒终于支撑不下去了，给费梁打了个电话。费梁听到妻子有气无力的声音，知道情况不好，她不是个娇气的女人，一定是情况很糟才打电话的。费梁连忙请了一个月的假回来，先陪她去看病，再帮她料理家务。一个月后，叶昌嫒的身体还是不见好。万般无奈，费梁只得把小儿子送回到奉节老家，请老家人帮忙照看，然后把大女儿带到昆明，自己一边工作一边管孩子。出野外时，就放到同事的家里。

那个时期，两个人的工资加起来才100多元，费梁每个月还要寄15元给父母。父母在老家很困难，每月都等着这15元买米。他们这边5个人（因为孩子小还请了个保姆）。也就是说，100多元，要养活7个人。那样的日子，在今天的年轻人看来，是不可想象的。

好在，费梁和同事们如期完成了蛇药的研制任务。他们一共配制了128个药方，从中选出两个，一个口服，一个注射，都通过了认证，临床使用后效果非常好。经鉴定和国家批准，正式投入生产，其成果先后获得两项部级以上的奖励。

费梁觉得辛苦4年也算是值得了。他终于回到生物所，继续从事两栖动物研究。

而叶昌媛在这4年的艰难日子里，也一直在坚持研究和学习，整理标本和资料，积累了一叠又一叠的卡片。两人把孩子接回身边，继续挤在一间约30平方米的小屋子里，继续维持着最简单的生活，在事业上齐心协力，不断推出新成果。

我一边听，一边忍不住摇头叹息。

叶老师却温和地说，那时候大家都是一样的。对生活条件无所谓，一心就想工作。

费老师补充说，虽然生活艰苦，但工作让他们感到快乐。尤其是眼看着自己采回的标本被认可，积累越来越多，标本室日渐丰满，论文也一篇篇发表，真的有一种成就感。这样的成就感，让他们忘记了生活的艰辛。

第三章　艰难岁月

Chapter Three

十三

2016年11月23日，我第二次来到中科院成都生物研究所采访费梁和叶昌媛两位老师。

这一次熟悉多了，我直接上楼到了两位老师的办公室，他们依然面对面坐在狭小的室内做着细致的编撰工作。一眼看去，费老师比第一次见面穿得更厚实了，抓绒外套换成了棉衣，而叶老师明显感觉身体欠佳，坐在那里，背弯得很厉害。

我问，你们坐这儿冷不冷？

费老师说，不冷，冷了我们可以开空调。费老师从抽屉里拿出一包咖啡要为我泡，我感觉他是特意为我准备的。我连忙说我更喜欢喝茶，拿出了自己的茶杯，叶老师马上站起来为我添水，搞得我很不好意思。无论从哪个角度讲，我都受不起他们如此客气的对待。

费老师说，我们在网上看到了你的情况，你的成就很大，裘老师。

　　我汗颜，连连摆手。虽然叫我裘老师的人很多，但面对他们二位，实在是不敢当。但费老师坚持叫我裘老师，无论是当面，还是在短信上、电子邮件里。

　　他和叶老师，都是非常谦和的人。

　　第一次采访之后，我阅读了费老师提供给我的一些资料，包括他的学生为他们夫妇编辑出版的画册《探蛙知音》，对他们有了进一步的了解。来之前，我还把一些搞不懂的问题整理出来，通过邮件发给费老师，请费老师解答。

　　但我依然想和他们面谈，感受他们不一样的人生。

　　他们的人生，概括起来说，就是一辈子用双眼细微观察两栖动物发现其异同，一辈子用双脚走遍祖国大地采集两栖动物标本，一辈子沉浸在两栖动物的世界里为科研事业奉献一生。

　　但具体起来，就是一个又一个寂寞的日子，一个又一个如同复印出来的日子。这样的寂寞和重复，更证明了他们的坚守和他们对事业的高度负责。

　　即使在"文革"那样混乱的年代，他们都没有中止过他们的科研事业。一边坚持室内工作，一边赴云南、西藏、湖北、湖南、四川西部山区考察，并整理和鉴定标本，在此期间还完成了《中国两栖动物系统检索》一书的初稿，并刻印成册试用，后在1977年与胡淑琴教授共同致力于该书的出版。这本看上去薄薄的书，在当时全国两栖动物野外考察和室内物种鉴别中，起到了非常重要的作用。1973年以后，费梁更是坚持每年野外考察4到6个月。

"文革"初期，科研院所也和社会各界一样，被造反派搅和得天翻地覆。他们两人也不能幸免。每天必须参加政治学习，一起读语录或者抄大字报。

但是，只要有一点时间，无论是下午还是晚上，他们依然会悄悄走进办公室，拉上窗帘，走进两栖世界。他们称之为"搞业务"，他们丢不下自己的业务。

其中有几年，费梁去了昆明，参加一个国防科研项目。叶昌媛依然坚持每天到办公室"搞业务"。作为一个女性，一个要照顾家庭而身体又极为虚弱的女性，叶昌媛从来没有因此放松过自己，自工作起就很努力地钻研业务，希望能做出成绩来。1972年年底费梁返回，两个人就一起天天泡办公室，包括节假日。不逛街，不看电影，不去公园，甚至也不走亲访友，就更不要说去"闹革命"了。只要把两个孩子安排妥当了，就立马投入两栖动物的世界中。

"我们没有其他爱好，心里最惦记的还是研究工作。那个时候经常要刻传单什么的，我们就用刻传单的钢板和蜡纸，来刻我们的书稿，然后油印出来，拿去请刘承钊先生和胡淑琴教授看，老师们提出修改意见后，我们再做修改。每天都这样，心里很踏实。何况刘老师都在坚持科研工作，我们就更没理由不坚持了。"

费老师讲述的时候，一点渲染夸张的语气都没有，很平和。

我问，刘承钊先生作为院长，那个时候没有挨斗吗？

费老师说，他也挨过批斗。只是刘老师平日里为人和善，教职员工们都很敬重他，即使开批斗会，也没有过分举动。刘老师也很坦然，比如头天上台挨了斗，下了台，第二天照样到办公室来，和我们一起工作或探讨业务中的问题。刘老师和胡老师，就是我们的榜样。

费老师回忆说，"文革"那十年，刘承钊先生经常到办公室，关心室里的研究情况。不管外面的政治形势怎样，他脑子里还是装着两栖动物，自己悄悄地继续搞研究，若遇到一些问题，就拿过来跟胡淑琴教授和我们一起讨论。讨论的时候，无论是胡淑琴教授还是我们几个后生，都可以发表自己的看法。刘先生虽然已经是大专家了，但依然很谦虚，善于听取意见。刘先生说，在学术上，原本就会有不同的看法，每个人都有自己看问题的角度，角度不同，想法就不同。把各种想法集中起来讨论，通过反复商榷，才能达成共识。

费老师说，我们从刘老师身上学到的，不仅仅是业务，更重要的是一种对待科研的态度，一种精神。

费老师说到他们拉上窗帘低声讨论时，我的脑海中出现了那样的画面：窗帘外，大字报铺天盖地，口号声喧嚣刺耳；窗帘内，却是另一个安静的世界。几个人在低声交流着，切磋着，时不时在显微镜下观看，时不时翻阅资料或查看标本。过去的经验积累和知识储备，无数次的野外考察，都在那一刻互相碰撞着，闪出一团团的火花来。

我有理由相信，在那个时候，他们得到了非常多的快乐，他们的内心由此而充实。

的确，就在那段时间，费梁跟着刘老师和胡老师，默默地学习、研究、探讨，进步很快，在蛙类外部形态、骨骼解剖、胚胎发育等方面，都取得了新进展。

后来，运动持续混乱，他们所里的科研项目全部停了，很多人都在混日子，还有一些人离开了科研所去做其他事了。

看到这种情况，当时的党委书记仇镛，找到了费梁和叶昌媛，语重心长地对他们说，无论怎样，你们两个都不能离开所里呀，一定要守住这个摊子。不然今后的事业难以为继。

费梁听了很感动，他觉得自己和这位领导想到一起了。看来并不是所有人都昏了头，还是有明智者在惦记着科研事业，担忧着国家的未来。费梁认真地说，仇书记您放心，无论如何我们都不会丢下这份事业的，这是前辈交付给我们的事业，是我们的使命。

我第二次听到费老师说"使命"这个词。

费老师站起来，去书柜里拿出一本书递给我，是一本绿色的薄薄的小册子，上面写着"中国两栖动物系统检索"几个字。

费老师说，这本书，就是"文革"期间我们和老师一起写的。当时不能出版，我们油印了一些给大家看，大家都觉得这是一本很实用的工具书。后来"文革"结束，邓小平上任开始抓科技和教育时，我们特别高兴，赶快把它交给出版社。如果不是"文革"期间我们坚持搞研究，就不可能在1977年出版这本书。

我翻开这本小册子，发现了两个有意思的地方。一个是，此书的署名是"四川省生物研究所两栖爬行动物研究室"，而不是具体的某人；另一个是，书的扉页上，印了三条毛主席语录。

费老师看到我在看语录，笑说，这三条语录是我特意找出来的。我一读，还真是适合：

"应用马克思列宁主义的理论和方法，对周围环境做系统的周密的调查和研究。"

"在生产斗争和科学实验范围内，人类总是不断发展的，自然界也总是不断发展的，永远不会停止在一个水平上。因此，人类总得不断地总结经验，有所发现，有所发明，有所创造，有所前进。"

"自然科学是人们争取自由的一种武装。人们为着要在社会上得到自由，就要用社会科学来了解社会，改造社会进行社会革命。人们为着要在自然界里得到自由，就要用自然科学来了解自然，克服自然和改造自然，从自然里得到自由。"

署名单位和扉页的毛主席语录，都有着明显的时代痕迹。但是，我看到更多的是几位老科学家对科学事业的忠诚。即使是"文革"那样的浩劫，也不能中止他们的研究。这本书在当时全国两栖动物野外考察和室内物种鉴别上，均起到了重要的作用。

"文革"结束后,他们更是全身心地投入科研中,在1976年到1990年的十多年里,他们撰写了数十篇学术论文和科普文章,其中发表2个新种和3个新属,还有两部专著出版:《中国两栖动物系统检索》和《中国两栖动物检索》。1993年又有60万字的《中国珍稀及经济两栖动物》出版,这是一本很重要的学术专著。成就斐然。

尤其是1990年出版的《中国两栖动物检索》,看上去并不厚重,却是一本非常实用的书,是费梁、叶昌媛夫妇根据自己多年积累的经验编辑而成的。怎么说呢?这本书就相当于两栖领域里的《新华字典》,出野外考察时必备。加拿大皇家安大略博物馆两栖爬行动物馆馆长罗伯特教授在评价此书时说:"因为这些新命名、新的命名组合以及其他的分类变动,使得该书成了无价之宝。"

十四

我也是一个出版过几本书的人，对出版界应该说不算陌生。但是我从来不知道，有一种书可以出上百卷，字数可达几亿！这就是"三志"：《中国动物志》《中国植物志》《中国孢子植物志》。为此我认真查阅了资料，给自己科普了一下。

"三志"合计有500余卷，计划收录动植物14万种，总计字数超过2亿，记录了我国85%以上已知的生物种类及其区系、演化、地理分布、物种生物生态特性及其经济价值等信息。"三志"的编撰将为研究生物多样性，探讨生物物种演化和系统发育，我国生物资源保护和开发利用、濒危物种的保护等提供理论依据。"三志"的编撰出版，不仅是我国动植物学发展史上的里程碑，也是我国科学出版史上必须载入史册的大事。

这样一件大事，费梁和叶昌媛夫妇，是重要的参与者。在这几百卷里，有3卷，343万字，是他们用心血完成的。

这项工程，竟然也是始于"文革"期间。1973年，在尚未走出混乱年代的某一天里，中科院在广州召开了"三志"编写会议。我用了"竟然"这个词，是因为太意外了。那个时候一切正常工作都停止了。学生不上学，工厂不做工，农民不种地，科学家不搞研究，似乎所有的人都投身运动。怎么会有人想到了工作？想到了科研事业？须知"文革"是在1976年结束的。

后来，我在科学网查到了相关信息——

1962年《中国动物志》编辑委员会正式宣告成立；1966年以前，动物志已完成部分卷册，由于"文革"而中止；1972年，编撰重新启动；1978年走上正轨，出版了第一册。

1980年11月，《中国动物志》召开第三次编委扩大会议。到1997年8月，完成了48卷，包括脊椎动物12卷、昆虫16卷等，1900余万字，记述我国动物11837种，彩图231幅，黑白图1145幅。到2004年8月，出版了100卷，其中脊椎动物24卷、无脊椎动物40卷、昆虫36卷，共记述我国动物25000余种，总字数超过6000万字。最近10年，又出版了30多卷。

其实早在1956年，我国就将编撰中国动植物志纳入了《1956—1967年科学技术发展远景规划》。原来，"三志"的编写早在50年代就开始了，因为"文革"而中止。这一停，将我国原本落后于国际水平的科研事业，差距拉得更大了。真令人叹息！

1973年，在中断7年后，"三志"编撰工作重新启动。不管怎么说，我还是要向重新启动这一工作的人表示敬意。

　　刘承钊先生于这年春天，前往广州参加了中科院主持的"三志"编写会议，当他得知"三志"编写不但列入中国科学院的重大科研项目，也列入了国家自然科学基金资助的重大项目时，非常高兴。他愉快地领受了主持编写《中国动物志·两栖纲》和《中国动物志·爬行纲》的任务，返回成都。

　　编写这样的书是非常不易的，必须在全国范围内多年的野外考察、采集标本、收集动物的生活史和生态环境相关资料的基础上，再经过室内的详细整理和研究编写而成。

　　由此开始，一趟艰苦而漫长的编写工作之旅开始了。到2009年出版，持续了整整36年！

　　我对《中国动物志·两栖纲》的编写的漫长过程感到不解，为什么会需要那么长时间呢？

　　原来，在这30多年里，第一任主编、第二任主编先后离世。通过一代代接力，才最终将这一事业圆满完成。

　　1976年4月，刘承钊先生去世，夫人胡淑琴教授接过了组织编写《中国动物志·两栖纲》的接力棒，带领费梁等人，以完成先生未竟的事业。

　　费梁老师耐心地给我讲了其中的过程。

　　1973年下半年，刘承钊先生在成都主持召开了《中国动物志·两栖纲》和《中国动物志·爬行纲》的编撰会议，由胡淑琴教授担任《中国动物志·两栖纲》的主编。编写委员会以四川省生物所为主，费梁和叶昌媛自然成了骨干。青海生物所

（1979年更名为中科院西北高原生物研究所）的黄永昭先生，也成了主要撰稿人之一。因编写内容涉及全国，还要先考察完全国各地的两栖动物，把标本采回来，再做编写工作，故仅靠四川省生物所是不够的。于是又邀请了浙江自然博物馆、遵义医学院、昆明动物所、哈尔滨师范大学、青海生物所、福建师范大学和华西医科大学等8家单位。这8家单位主要负责他们所在地区的两栖动物的考察和物种编写。

胡淑琴教授1992年12月去世后，费梁接任了主编职务，先后聘请云南大学的李树深教授和台中市自然科学博物馆的周文豪先生参加《中国动物志》的编写工作。故共有11家单位共同参与合作。

费梁老师认为，《中国动物志·两栖纲》应该包括台湾地区的两栖动物。但当时两岸隔离多年，关系比较紧张，他们缺少台湾的文献资料，到台湾考察又存在不少困难。为了解决这一难题，费梁只得通过信函，邀请台湾同行参加《中国动物志·两栖纲》的编写工作，同时向台湾学者征集文献和图片。经过信件联系，台中市自然科学博物馆周文豪先生同意参加《中国动物志·两栖纲》的编写；此外，费梁还与台湾师范大学生物系吕光洋教授及其学生向高世等，建立了文献和图片交换的联系，解决了上述问题。

胡淑琴教授主持编撰工作，具体的事务性工作，则由费梁负责。比如制定编写大纲，分配条目，确定交稿时间和审稿时间，各单位之间的协调，还有初稿交上来之后的统稿，刻印出来后的校对，等等。

同时，费梁还要编写自己的条目（包括承编两栖动物物种数量，总论，目、科、属的特征及其分类讨论的撰写等）。他和叶昌媛二人承担了约 70% 的条目。再加上其他工作，可以说，承担了《中国动物志·两栖纲》80% 以上的工作量。他们的工作量大得惊人，分给十个人做都不过分。

那个时候没有电脑，没有打印机，初稿全部是手刻油印，刻出来之后费梁校对审核，发现错误严重的还要重刻。第一稿出来，油印了几十份，寄给参加编撰的单位征求意见。

1977—1980年，各合作单位的《中国动物志·两栖纲》的初稿陆续交上来了，费梁开始统稿。统稿不是大致看看，是每个字都要过目。由于参加的人多，每个人的行文风格不一样，体例也不同，都要进行编辑完善。文字表达不确切的要核查标本和修改，资料不够的要补充。有的不符合要求的还得重写。任务繁重。费梁只好没日没夜地投入其中。统稿完成后，再交给胡淑琴教授过目。

我忽然想，他们的孩子说，小时候他们每天放学后在家做好饭，等到整个大楼熄灯了，爸妈才会回家。原来，就是在做这些繁重的工作啊。

十五

费老师讲到这里，从柜子里小心翼翼地抱出早年的初稿给我看。我看到了一摞摞人工刻印的初稿，细小的字，薄薄的发黄的纸，散发着文物的气息。但每一页内容都非常详细，上面有文字，有图表，有修改的痕迹。

到1980年，《中国动物志·两栖纲》全部定稿了。

他们在四川医学院请了一位老刻写工来刻印书稿，这位老工人叫陆大乘，费老师深深记得他。陆大乘刻了整整两年才完成，所刻出的书稿不是一尺厚，而是几尺厚。

写到这儿我忍不住想停下来，表达一下我的敬意。首先向这位刻写工陆大乘先生表示敬意，他竟然用一双手，刻写出了一本几百万字的书。

然后，我要向汉字激光照排系统创始人、著名计算机文字信息处理专家、当代中国印刷业革命的先行者王选，致以深深的敬意和感激。是他，把我们从繁重的文字处理工作中解放出来，从钢板刻字、从油印、从铅字印刷这些耗时费力的传统手工中解放出来。

如此也可以想象，那个时候编撰词典，比现在要多几倍的工作量。每一次修改，都要重新誊写，然后重新刻，重新印。

1982年，费梁终于拿到了用复写纸刻印的3份《中国动物志·两栖纲》书稿，心情激动，连忙和叶昌媛一起抱去送给胡淑琴教授，请胡淑琴教授审稿。然后再加上胡淑琴教授承编的总论，并配上动物特征图和地理分布图后，这本书就可以交出版社出版了。

遗憾的是，此时胡淑琴教授的身体更加虚弱了。费老师说，在她去世前的一年，胡淑琴教授基本上都处于卧床生病中，她有严重的支气管炎，心脏也不好。尤其到了冬天，基本上就住在医院里。《中国动物志·两栖纲》的书稿交给她后，她一年中有半年都在医院里，没有精力审定交给她的书稿，更无法写出总论。可是，当时她是主编，必须由她撰写总论和审定全书，否则，《中国动物志·两栖纲》就无法交稿。

在这10年里，该学科研究进展很快，每年都会有新发现，都要增添新的内容，新的标本。费梁就不断地把新增加的内容，送去给胡淑琴教授看。

胡淑琴教授心里也很着急，几次拿起书稿，几次又放下，总论也只是开了个头，确实无法写下去了。她虚弱的病体，实在是支撑不起这一工作了。每天早上醒来，她至少有一个小时处于呼吸困难状态，大喘气，等平息下来后，已筋疲力尽。但她仍不愿放手这一工作，除了责任心、事业心之外，更因为它是刘承钊先生的遗愿。她希望能完成先生未竟的事业。

《中国动物志》编委会的人很着急，经常催促费梁。费梁只好一次次解释，一次次填表，一次次汇报情况。到1992年，《中国动物志》的其他纲已有陆续出版的，两栖纲仍未交稿。《中国动物志》编委会于是发函给胡淑琴教授，请她保重身体，如果她的身体状况不允许，就不要再勉强承担这一任务了。胡淑琴教授收到信后，把费梁和叶昌媛叫到家里，对他们说，看来我是无法完成这一任务了，只能交给你们了，希望你们继续把它完成。

费梁和叶昌媛郑重地接过了这一工作，接过了刘承钊、胡淑琴两位老师未竟的事业。他们请胡淑琴教授放心，保证完成任务，而且一定会圆满完成任务。就在那年冬天，胡淑琴老师离开了人世。

1993年，费梁给《中国动物志》编委会打报告，重新签订合同，重新安排编写计划。

重新开始，并不是把10年前的稿子修订一下交上去那么简单。因为此时距他们完成初稿，已过去了10年。这10年，我们国家的两栖动物研究领域已经发生了很大的变化，增加了几十个新种。而且各单位在编写《中国动物志》这项工作的带动下，都进行了两栖动物普查，在普查中发现的新种很多，积累的资料也很多。1982年编写的是204种，到1992年已经有将近300种了。光是费梁自己，在过去的10年中，野外考察新发现的两栖动物就有十几种。原来写过的种，也有了新的研究成果。如此，他们下决心在第一稿的基础上重新来过，进行了系统的审查、修改和增补。

这样的重新来过，不仅仅是因为勇敢，更是对科学事业高度负责的精神。不但新增加的近百种新种要分析撰写，就是原来的204种也要重新修改和补充。而10年前参加编写的人员大都不能继续了，要么退休，要么改行。必须由他们两人承担。除了编写近300种外，费梁还必须完成胡淑琴教授没有写完的两栖纲总论。这确实是一项异常繁重的任务。

动物志的编写，和我所熟悉的《新华字典》《成语词典》完全不一样。它不是简单的名词解释，需要有图，有标本，一个种不但要概括记述其基本特征，还要写每个种的变迁，这个种在今后的研究方向以及目前存在的尚未解决的问题，等等。也就是说，写一个种，相当于写一篇论文。这一工作量，真不是一般的浩大繁复。

费梁没有丝毫怨言，反而对这样的编撰工作充满自豪。

编写过程中，费梁还考虑到学科的发展，如当时两栖动物染色体研究进展很快，其成果显著。特别是云南大学李树深教授发表了多篇高水平论文，可以说他是两栖类染色体方面的权威。于是费梁决定邀请李树深教授来总结我国两栖动物染色体研究所取得的成果，并将其补充到总论内，作为一个独立章节。这可以说又填补了一项空白。

如此，费梁和叶昌媛在经费短缺的情况下，克服种种困难，经过10年的艰苦辛勤的工作，于2002年8月完成了该志的定稿，并打印装订成8册交给了《中国动物志》编委会。

《中国动物志》丛书分5个纲，有上千人在做，很多老专家还没做完一本就去世了。当出版社有关负责人得知《中国动物志·两栖纲》主要是由他们二人完成编撰的时候，都非常敬佩。《中国动物志》编委会对该书稿的评价是："书稿多数内容是基于作者数十年积累的第一手资料而成，是对几十年来中国两栖类研究的最佳总结。该书稿资料翔实，附图精美，是一部高质量、高水平的文稿。"台中市自然科学博物馆副馆长周文豪教授也评价说："《中国动物志·两栖纲》采用的分类系统引起了全球学者的关注，许多科、属已被采纳，当然也有少数尚在讨论中，但无论如何已带动了两栖类分类革命。"

费梁也很满足，但他的满足不在于大家的称赞，而在于两栖纲完成出版后，很多年轻学者，都从这本书里找到了自己的研究方向。

对科研事业有贡献，对后人有帮助，没有辜负编委会的期望，完成了两位老师的重托，这几点，让费梁觉得，自己的一切付出都是值得的。

《中国动物志·两栖纲》一书共分3卷，先后由科学出版社出版发行。上卷于2006年1月出版发行，包括总论、蚓螈目、有尾目；中卷于2009年1月出版发行，包括无尾目铃蟾科、角蟾科、蟾蜍科、雨蛙科、树蛙科和姬蛙科；下卷于2009年8月出版发行，包括无尾目蛙科。

3卷共计2325页，343万字，文内插1000余个图组（每组有图1～11幅），文后附32页彩色图版和8页黑白图版。

封面作者：费梁、胡淑琴、叶昌媛、黄永昭。

历时36年。

曹文宣院士等国内专家学者称，《中国动物志·两栖纲》引发了全球两栖类的分类革命，提示了后续研究的方向，也是促进研究发展的基石。俄罗斯科学院院士阿纳尼耶娃·纳塔莉娅（Ananjeva Natalia）则表示，该著作权威地展示了中国的两栖动物，在推动世界两栖动物的研究及其相关学科的发展中发挥了巨大作用。

十六

再回头追述，1982年到1992年，在等待《中国动物志·两栖纲》完成出版的10年时间里，费梁和叶昌媛并没有放松工作去休息。他们继续在实验室做研究，在野外做考察，继续着他们的两栖科研事业，并出了很多成果。

早先的科研经费非常少，20世纪70年代时，外出考察的补助每天是一毛六，到了90年代，一天也不过是六毛。为了省钱，他们考察时舍不得住宾馆，要么住帐篷，要么找免费的地方住，比如学校或道班，甚至朋友家。把钱节约下来，可以多跑两个地方。但就是这样，也还是有很多地方无法去，无法考察到。

即使在如此艰难的情况下，费梁和叶昌媛也在研究上不断出新成果。于是1979年中国恢复评定技术职称时，两人同时晋升为助理研究员。

费梁把1961年到1980年的20年，称为自己的"积累期"。

这个时期虽然没有发表什么文章，但是做了很多准备工作。许多成果已经有了雏形。

1978年，中国迎来了改革开放的春天，费梁、叶昌媛夫妇也在1980年迎来了他们学术上的春天。他们不断取得研究成果。

先是与浙江自然博物馆蔡春抹教授、后又与河南师范大学瞿文元教授等人合作，研究"中国有尾目动物的分类及系统发育"。特别对小鲵科动物的地理分布特点、分化中心及亲缘关系做了深入探讨，首次论述了中国中部山区是小鲵科动物的分布中心和分化中心。此外，他们还对"蓝尾蝾螈的分类、繁殖生态、胚胎发育、断肢再生和食性等"做了专题研究，在国内首次成功异地人工繁养有尾类，并发表论文5篇。

这期间，1980年到1990年，仅有尾目内容的学术论文，费梁夫妇就发表了14篇，建立有尾目新亚科1个、新属3个、新种4个。在行业内出类拔萃，鲜有人能比。

1986年，国家出台了自然科学基金，各行各业的科研人员都可以报选题，申请科研经费。这是从未有过的好事。

费梁得知消息后非常高兴，因为他有太多的想法，太多的研究方向，都苦于没有经费去开展。他和叶昌媛马上申报了一个课题，很快就获得批准了，得到了1万元经费。1万元在1986年，算一笔巨款了。他申报的课题是"中国锄足蟾科的分类及其系统演化研究"。

费老师告诉我的时候，说了两遍我也没听懂，后来我只好请求他写在我的采访本上。他一边写一边强调说，这是一个非常好的题目，是中国两栖动物的特色类群，除刘承钊老师外，几乎没人做过，所以基金委很快就批了。看到"锄足"两个字，我脑海里立即浮现出青蛙那翘起来像锄头一样的脚。

但是，如果我不认识费梁老师，恐怕一辈子也不会知道，一只蛙，它的后脚被解剖后，其骨骼比火柴杆还细，但也像人类一样分为跗骨、跖骨和趾骨，后脚竟然还有掘土的功能。我又想，再过若干年，用锄足来形容蛙足，恐怕需要先向后人解释什么是锄头。锄头已经不常见了。

收回思绪，我听费老师说，那1万元，很宝贵，很管用。

他们用那笔经费，去考察，去研究。他们原本在这个项目上就有思考和积累，很短的时间里，两个人就写出了七八篇论文，多数在国家顶级期刊上发表了。还是那句话，机会总是给有准备的人。

基金委一年半后到所里做中期检查，对他们的研究成果非常满意。

费梁在汇报经费使用情况时，随口说了一句，尽管经费不足，我们还是在努力完成研究项目。基金委的人马上说，经费不足，你们可以再打报告申请追加经费嘛。费梁很惊喜，于是又打了个报告，很快，基金委就给他们追加了5000元经费，是追加基金中数额最高的。因为他们的项目完成度高，物有所值。

1990年，费梁、叶昌媛夫妇还承担了四川省科委应用基础研究项目"两栖类珍稀、濒危及经济物种保护和利用评价"。他们在完成了该课题之后，于1993年与胡淑琴教授合作出版了一部60万字的学术专著《中国珍稀及经济两栖动物》。该书首次记述了当时中国已知的全部有尾目物种和无尾目的珍稀、濒危物种以及各科属的代表种。1994年10月，该专著被西南、西北地区优秀科技图书评选委员会评为"优秀科技图书一等奖"。

费梁和叶昌媛于1986年晋升为副研究员。

1983年至1993年，费梁夫妇与黄永昭、李树深教授等合作，主要对"中国角蟾科动物"进行了研究。他们采用形态学、细胞学和分子生物学等方法进行综合分析，发表多篇高水平论文，取得一系列创新成果。特别对中国西部高海拔角蟾类的地理分布特点、分化中心、属间亲缘关系、分化与青藏高原隆升的关系做了深入探讨，论述了中国横断山区是多种两栖类的形成和分化中心。

1988年以后，费梁与叶昌媛、黄永昭等合作，又开始对"蛙科动物的分类和系统学"进行研究。他们主要依据形态学（特别对骨骼）进行对比研究，其结果对传统蛙科蛙属的分类系统做了大的修订，在属间分类方面取得了突破性的进展。

也许上面的介绍比较枯燥，那就来说两件有趣的事。当然，只是在我看来是有趣的，在费老师和叶老师看来，是很严肃的。

80年代初，有学者在野外考察时，发现了一个疑似新种。

他们在某处采到的胸腺猫眼蟾的身上长满了疙瘩（常人称为疙瘩，学术的叫法是瘰疣），与以往的胸腺猫眼蟾个体差异很大，以往的胸腺猫眼蟾表皮是光滑的。发现者将这类个体命名为新种——皱纹齿突蟾，并撰文发表。

费梁看到后产生了疑惑。真的是新种吗？他的科研态度让他从不轻易下结论，也从不轻易否定他人的结论。更何况如果是新种的话，他就要加到正在编写的《中国动物志》中，他必须对此负责。他反复跟妻子叶昌媛探讨，感觉这很可能不是新种，只是发生了变异。也许是这种胸腺猫眼蟾所生存的水质发生了改变，比如有辐射。

但仅仅靠推测是不够的，必须用科学方法来证明。他们便与另一位专门从事分子生物研究的科学家陈素文合作，采用形态学和分子生物学等进行综合研究，来进行分析鉴定。具体说，就是取出两种蟾的眼睛晶体测谱带。测出的结果是，有疙瘩的猫眼蟾与表皮光滑的猫眼蟾，谱带完全一样。那么，为什么会长成不同的样子呢？是水质改变的原因，还是其他原因？费梁他们决心一追到底，由学生们将采回的标本进行切片检查，发现隆起的表皮内部是寄生虫。终于解开了这个谜团，证实了此长满疙瘩的皱纹齿突蟾并非新种，而是胸腺猫眼蟾的变异个体。

后来，有人采用染色体的研究方法去验证，其结果也显示不是新种，此"新种"个体与原来的种染色体是一样的。

从认定是"新种",到认定不是新种,前后经历了4年的时间。费梁觉得这是值得的:"科学的事情,马虎不得。"他们就此写出了论文:《齿突蟾属某些种的多态现象》。

此后他们还发现,不仅仅是胸腺猫眼蟾,中国西部山区共有4种蛙类和2种有尾类的皮肤也有这种现象,即在同一水域内的部分个体的皮肤极为粗糙,满布瘰疣,似老年人皮肤上的皱纹,其外形与同域正常个体迥然不同。最终通过科学研究,证实了皮肤多瘰疣的个体属于正常个体的变异,并非新种。其多瘰疣个体的形成是寄生虫所致。属于同个物种正常个体的多态性变体。

1986年,经过数年研究后,费梁、叶昌媛、陈素文共同合作,撰写了《横断山区六种两栖类皮肤表型结构多态现象及其地理分布的探讨》一文,是研究两栖动物的重要贡献。

实事求是,严谨治学,是费梁一生坚持的品格,即使许多研究成果遭受非议,他也毫不担心,"我是在充分的调查和标本研究的基础上做出的结论,经得起时间的验证"。

在研究中,他一直对新种的鉴定持有非常严谨的态度。当时审修《中国动物志》,都是再三研究后确定了是新种才能写入书内。

早在1974年,他到湖北利川野外考察时,就发现了一种不一样的金线蛙。所谓金线蛙,就是其两条背侧褶是金色的,通俗地说,就是那只青蛙的背上有两条金线。

费梁采到的这种金线蛙，颜色与以前发现的金线蛙不同，不是绿色的，而是棕色的。最明显的是，它们没有声囊孔，与我们通常看到的金线蛙颈部有鼓气的声囊不同。

难道是新种吗？

费梁没有轻易做出判断。1976年他再次来到湖北，根据曾经有过的记载，来到武汉和宜昌等地，再次采集金线蛙标本，依然没有声囊孔。他还是没有做出判断，又去了北京、安徽、浙江等地，采了几百只金线蛙，进行对比研究。经过反复分析、解剖、骨骼鉴定等，最终确定此金线蛙是新种，他将其命名为湖北金线蛙。也是历经了5年时间。

十七

上世纪80年代初到90年代初，是费梁和叶昌媛出成果最多的时期。

一个原因，是他们人到中年，走向成熟，知识的储备，经验的积累，都到了黄金阶段。另一个原因，说来可叹，那就是其中有8年时间，他们不得已离开了两爬室，在所里的图书资料室工作。

费老师说，我们在图书资料室待了8年，1984年到1992年。那8年，因为没有了打扰，是我们出成果最多的8年，共发表论文40多篇，还完成专著2部，即《中国两栖动物检索》（1990年）和《中国珍稀及经济两栖动物》（书稿于1992年8月交出版社）。

到1992年下半年，胡淑琴老师出面，要求所领导把费梁夫妇从图书资料室调回两爬室。

1992年年底胡淑琴教授去世了。1993年年初，所里将费梁和叶昌媛调回两爬室，并任命费梁为研究室主任。

费梁老师回到研究室后，看到当时的人员状况和课题状况，很是焦虑、担忧，他深知要想推动学科发展，必须马上改变现状。于是他着手做了3件大事：

第一，全力保住多年停招的研究生硕士点。因为硕士点3年不招生将被撤销，在费梁的多方努力下，硕士点保住了。第二，恢复招收研究生，培养或引进急需的研究人才，即第一年招收和引进硕士生各一名。第三，向国家自然科学基金委和中科院及省部委申报项目争取经费支持。经过申报，国家基金重点项目"横断山脊椎动物系统演化研究"和中科院重大项目"脊椎动物繁殖生态学研究：镇海棘螈繁殖生物学研究"以及省部委等多个项目先后获得资助。这些课题支撑了当时的两爬室，推动了全室的研究工作，促进了学科的发展。

这三件事，并不是室主任的"新官上任三把火"。因为费梁不仅仅是室主任，还是一名科学家，他所有的想法，都是从学科持续发展的角度考虑的。从发展的眼光看，必须将争取课题经费和培养人才作为研究室的重点，特别是人才培养迫在眉睫。

那时费梁向所里申请了招收两个博士研究生，以尽快解决两爬室人才短缺问题。当时，他身边的两个学生都很优秀，希望他们尽快提高研究能力，攻读博士，边工作边学习。经过考试两人成绩都通过了。费梁很高兴，他认为他同时带两个博士生应该没有问题，也有课题和经费支撑。他们可以在职读博，又有助课题研究，人才培养和课题完成一举两得。但是因为指标分配的问题，所里只能让他带一个博士生。

在所里只批准他带一个博士生的情况下，费梁无奈，只得让其中一位学生去外校就读。费梁说，我没办法留住你，你只好到外单位读博了，但是完成了学业后一定要回来，所里太缺人了。

3年很快过去，毕业在即，该学生能否解决房子问题，成了他是否回到所里的关键。费老师通过多方努力，最后解决了他的房子问题，挽留住了青年人才。这个被费梁努力挽留下的青年博士，就是现在两爬室的主任、学科带头人、中国动物学会两栖爬行动物学分会理事长江建平。

江建平深知费老师留住他的苦心，不是为了自己，真的是为了两栖动物研究事业。他牢记费老师的嘱托：你要努力，要接好两栖爬行动物事业这个班。

第四章　皇皇巨著

Chapter Four

十八

转眼冬天过去了，2017年来临。

过年前后的两个多月里，我被各种事情缠身，一直无法再去采访费梁老师和叶昌媛老师。直到2017年2月28日，我才再次走进他们的办公室。

这次见面，费老师和叶老师脸上都洋溢着喜气，原来是他们的宝贝"孩子"出生了！他们辛苦编撰20多年的皇皇巨著 *Amphibians of China I*，终于出版了！

费老师像抱着新生婴儿那样，把书抱给我。1000多页，200余万字，2300多幅图，真的必须用"巨著"来形容。我捧在手上，感到沉甸甸的，不是形容，是真的很沉，得有八九斤重吧。

我注意到，放在地下的一摞摞书的包装纸上，写着很多人名。费老师告诉我，那是他们准备送出去的。他们已经送了很多了，给帮助过他们的同行，给所里的资料室，给大学的图书馆，给相关单位，给研究者，甚至还要寄到海外去。

　　另外，还有一些"两爬爱好者"，被人们戏称为"爬友"。他们不是学这个专业的，但喜欢两栖爬行动物，利用业余时间研究两栖爬行动物，比如自己去大自然中寻找青蛙、蟾蜍，还带回家里饲养观察，并且撰写论文，还有的自费去西藏墨脱，去人烟稀少的地方，而且常常发现新种。他们虽然是业余爱好者，但同样能为两爬学研究做出贡献。

　　费老师和叶老师很高兴有这样的爱好者，把他们视为同行。也将他们的研究结果和他们拍摄的照片，加到编写的图谱里，并且在照片下写上了他们的名字。所以新书出版后，还要送给几位年轻的爱好者。

　　我问，英文书对他们来说没有问题吗？费老师说，现在的年轻人多数是大学生，英文可是比我们强多了，没有问题。

　　如此分送，100本样书是不够的。所以费老师和叶老师，还打算用稿费买一点。我看了一下定价，680元，按折扣价算，一本也得500多元，买10本就5000多元。

　　我问，这么厚一本书，这么艰难地写一本书，稿费有多少？

　　费老师说，这本书，因为是科技图书，印数很少，最多印1000册左右，如果出版社按国家稿酬规定计算，要亏本。因此，图以文字计算，每千字约50元。

　　上述稿酬，不由得让人叹息！其他不说，就说说那2300多张出版社不愿按张付费的图片吧。绝大部分图，都是费梁自己完成的。而一张图的完成，要经历5个步骤，采集标本，解剖，拍照和制作，写文字，翻译。每个步骤都非常不易。拍照的相机是女儿赞助给他们的，因为需要好镜头才能够拍摄出显微镜下清晰的图片。为了拍图片，费梁常常一整天盯着显微镜，常导致眼睛模糊流泪，甚至曾造成视网膜脱落。

以《中国两栖动物彩色图鉴》（2010年）一书为例，该书有部分图片是征集来的。比如台湾的两栖动物，就是台湾学者提供的，还有一些图片是两栖动物爱好者提供的，费梁认为都应该付给他们一定的报酬。但他觉得按出版社的标准太低了，他不好意思，所以决定送书。只要提供了图片的，不管是一幅两幅还是多幅，他都送提供者这本价值460元的书，加上邮费近500元。他认为这不是钱的问题，是尊重。所以，光是往台湾地区就寄了10多本，其中还有中学生。所以这100本书，还不够他送。这也不是他第一次送书了。几年前他曾经自己掏腰包购买过500本《中国两栖动物图鉴》（1999年），赠送给相关单位、同行学者和爱好者。看到该书在野外和室内鉴定标本方面确实发挥了很大作用，他感到很欣慰。

这样的一部书，和我这种人写的小说散文，完全是两回事，所付出的心血和劳动，是无法比拟的。我拿着每千字几百元的稿费还觉得不够高，他们却比我低那么多，低到让人心疼。

我理解出版社，在当下他们的生存也很艰难。这样的书不太有什么市场效益，要他们来承担优厚的稿费很难。但我想说的是，出版这样的书应该是一件大事，是国家科研事业的一部分。它的出版，提升了一个国家在世界科研领域里的形象，弥补了长久以来的空白。就是往小说，它也是科研所的重大成果。

费老师告诉我，出这本书，出版社申请到了国家出版基金资助，约10万元。可对这样一部科学著作来说，杯水车薪，远远不够。

不管怎么说，我还是由衷地为他们感到高兴。越是难产的孩子，父母就越发珍惜。何况这个"孩子"一生下来，就健康壮实。

我说，你们过完春节就接着干了？费老师说，我们年初三就上班了。我说，年初三就上班了？费老师说，这个春节还不错，我们还出去玩了。叶老师笑眯眯地插话说，我们还去人民公园看了花。

那我们就来看看 *Amphibians of China I* 编辑出版的漫长过程吧。

十九

在费梁、叶昌媛夫妇漫长的科研生涯中，有两本书耗费了他们几十年的时间。

第一本，就是《中国动物志·两栖纲》的编写，从1973年开始，到1993年第二次重编，再到2006年和2009年先后出版3卷，历经36年。前面已经谈到过。

第二本，就是这本刚刚出版的 *Amphibians of China I*。从1994年至2017年，也历经了23年。

之所以那么长时间，是经历了太多的曲折。时间退回到1990年。那一年，费梁、叶昌媛主编的《中国两栖动物检索》一书出版了。该书有很多新观点、新见解，不仅在中国两栖动物学界引起了很大反响，也引起了国际学者的关注。法国国家自然历史博物馆两栖爬行动物研究室主任迪布瓦教授看到此书后，通过书信表达了对此书的赞赏，并与他们交流看法。1994年，迪布瓦教授提出了希望费梁他们将此书翻译成英文，由他们出资在法国巴黎出版的建议。

费梁觉得这是一件难得的好事。以往在国外发表的中国两栖动物的书籍，大部分都是由外国学者研究出版的。只有他的老师刘承钊先生和张孟闻先生早年在国外出版过英文版的中国两栖动物研究著作。但几十年过去了，中国科学家已研究出那么多新成果，如果能把这些新成果以英文版出版，更便于国外学者参考，对于中国的科研事业应该是一种极好的宣传和推动。

可是，那个时候他们还不能随意出国。他们就写信请迪布瓦教授到中国来。迪布瓦教授来了。他是一位东方两栖动物研究专家。但他研究的东方领域，主要是东南亚几国。而地域最大、物种最丰富的中国，他却从未涉足过，所以他对费梁他们编写的这本《中国两栖动物检索》有着浓厚的兴趣，很是看重，希望合作。

经过商谈，双方同意在《中国两栖动物检索》一书的基础上，增补各阶元特征后编著成一部新书，即 *Amphibians of China*。1994年11月双方签订了合作协议：第一步，由费梁他们在3年内将书稿翻译为英文；第二步，由迪布瓦教授润色文字并在法国出版。

一年半后，费梁和叶昌媛按照协议规定，完成中文稿的翻译工作。1996年4月，他们应迪布瓦的邀请赴法国巴黎进行学术访问，顺便把英文书稿交给了迪布瓦教授。

1996年7月，费梁年满六十，办理了退休手续。

此后，年过花甲的费梁退而不休，依然每天在办公室做课题研究。他的研究对象，是一种像飞蛾那么大的小青蛙，属字叫姬蛙。我有幸亲眼看见了他们研究的姬蛙，就像我的指甲盖那么大。

他们要通过对姬蛙的舌喉部肌肉和骨骼的对比分析，来研究其进化意义。那么，必须在显微镜下解剖姬蛙的舌喉部，把它那比米粒还要小的舌头取出来，再一层层剥去肌肉，看它的骨骼和肌肉构造，也就是说，要在一粒米大的舌头上进行3次解剖。

当然，做这个研究，不仅仅是为了课题，也是为了将其编入 *Amphibians of China* 内。

为了获取准确的数据，费梁连续对着显微镜工作了约半年，他感觉眼睛有些模糊，而且一见光就流眼泪。他还以为就是视疲劳，没太在意，继续工作，因为他的视力一直很好。有一天晚上回到家，眼睛的不舒服加重了。他想，也许睡一觉就会好。没想到第二天早上醒来，一睁开眼，眼前有成千上万个黑点，就像小蚊虫在飞舞，什么也看不见了。他一惊，难道自己失明了吗？

叶老师连忙陪他到医院，医生当即诊断为左眼视网膜脱落。医生说，你是高度近视吗？他说不是，我的视力一直很好，是1.5的视力。医生感到很奇怪，并说视网膜脱落通常发生在高度近视眼患者身上，因为长期戴度数很深的镜片。费梁告诉医生，自己是搞科研的，每天使用显微镜。医生说，难怪，那显微镜就相当于度数很深的眼镜片，你长期使用，导致视网膜脱落。

费梁不得不放下工作住院，住了20多天，经过手术，治好了视网膜脱落。通俗地说，就是把脱落的视网膜粘上了。但视力已经严重下降，从1.5降到0.7，且经常出现流星似的亮光。

从保护视力的角度看，他已经不应该再用显微镜了。妻子和孩子们都劝他少看显微镜，可是他说，我的工作不可能离开显微镜啊。

的确，他离不开显微镜，他做的那些图，那些解剖标本，是肉眼无法完成的。他不得不冒着再次失明的危险继续从事着他热爱的事业。

也是在那个时期，为完成书稿，两人开始学习使用电脑。

90年代，中国用电脑的人还很少，何况是他们这个年龄段的，年过花甲的人。他们拿了一辈子的笔，面对这个新生事物，实在太陌生了。但为了书稿，他们必须学会，用电脑录入文字、做图片，才能提高书稿完成的速度。

为了掌握最基本的使用方法，他们仔细地将使用电脑的步骤逐一记录在小本上，反复练习。怎么开机，怎么进入文字处理系统，怎么输入中文，怎么修改文字，怎么保存，怎么打印。

他们以前没学过汉语拼音，五笔型也很难背字根，毕竟60多岁了，于是他们就学习手写输入法。费梁经常手握电子笔，在手写板上奋笔疾书。很快，他们两个人都掌握了在电脑上写作的能力。

基本用法学会后，又开始学习用电脑软件修整图片。费梁不但学会了一般的图片制作，还下狠功夫，学会了用Photoshop修图和制作图片。这让我不得不佩服，我至今都没学会，虽然买了教程，一看那么复杂就放弃了。

学会使用电脑后，费梁真是开心极了。他说电脑帮他节省了很多时间，做了很多过去不能做的事情，可谓如虎添翼。

攻克电脑难关后，又有一个新的难关等着他们，即英语写作。

以往费梁和叶昌媛的所有著作，都是中文撰写的。现在要用英文撰写，真的是难度不小。即使是英文系毕业的大学生写英文书都有一定难度，何况是他们。

叶昌媛的英文比费梁要好一些，便承担了主要的翻译工作。但毕竟还不够，还需要专业人士相助，以保证书稿的质量。

于是他们请了生物所图书情报室的钟盛先教授来帮忙翻译。后来，钟教授还陪同他们一起赴法国考察和查看标本，和他们一起为此书稿的完成而努力。

就这样，经过无数个日夜，克服了无数困难，历时一年半，他们终于完成了书稿，交给了法国方面。

那是1996年4月。

二十

费梁他们于1996年年初完成了书稿的翻译。法国的迪布瓦教授收到书稿后，热情地邀请他们夫妻去法国访问，并承担了他们在法的生活费用。

这个时候，中国对外交流日益密切，有了比较多的学术交流、学术访问。于是费梁夫妇得到批准，赴法国进行学术访问一个月。迪布瓦教授的夫人安娜玛丽（Annemarie Ohler）也是一位两栖动物科学家，与叶昌媛一样，与丈夫拥有共同的事业。

原本，那是他们一生中难得的一段放松时间，那时孩子已经大了，没有家庭压力。第一次出国，除商讨学术问题外，应该好好玩玩。但是，费梁夫妇在法国国家自然历史博物馆工作一个月期间，特意参观了该馆保存的中国标本。在深入了解了国外在两栖动物研究上的发展状况后，他们无法轻松地游玩，更增加了紧迫感，他们私下交流说，我们中国科学家必须奋起直追，赶上世界研究水平才行。

费老师说，走出国门，我再次深切体会到了肩上的使命，意识到了我们该怎样工作和接班。研究两栖动物对我们来说已不是单纯的工作，而是事业，从事一生的事业。

费老师的话让我想起了我的一位朋友，她当了近20年的旅游局局长，退休后依然积极热情地参加各种推进旅游事业的活动，不为名不为利，只想贡献自己的力量。她说，旅游工作不是我的职业，而是我的事业。职业是一时的，而事业是终生的。

他们都是有境界的人。

一个月后费梁夫妇离开法国回国，期待法方尽快对书的文字润色、修改，完成后交出版社出版。但是几年过去了，都没有进展。费梁夫妇只得催促和尽量配合，为法方补充资料和文献。

因为双方都是两位科学家，下面为方便叙述，用中方和法方替代。

在中方多次催促下，法方于是邀请中方于2001年8月1日至30日再次赴巴黎访问，以审定书稿和讨论相关学术问题。此期间法方建议在英文书稿的基础上对物种特征进行编码，中方同意此建议；中方将书内附图（包括彩色图画、地理分布图底图和各类附表及其注释等）交给法方。

此后，法方安娜玛丽于2004年5月完成物种特征编码的书稿后访问成都。但是，法方承编的各个章节（如研究历史等）仍没有完成。中方要求法方在2004年12月前完成他们的承编任务，汇总全书和定稿，并交出版社出版。但是，在此后的几年里，法方的工作几乎没有进展，中方只有等待和催促。

这期间，也就是1996年以来，费梁夫妇一边等待，一边继续进行他们的两栖动物研究工作。那个时期，他们先后编撰出版了《中国两栖动物图鉴》（1999年）、《四川两栖动物图鉴》（2001年）、《中国两栖动物检索和图解》（2005年）、《中国动物志·两栖纲（上卷）》（2006年）、《中国动物志·两栖纲（中卷和下卷）》（2009年）、《中国两栖动物彩色图鉴》（2010年）、《中国两栖动物及其分布彩色图鉴》（2012年）；此外还发表了数十篇论文和一些新属新种，附图数千幅。成就惊人，其专著和论文近1000万字，达到了他们夫妇事业的高峰。

可是法国方面的工作始终没有进展，从1994年签订协议到2007年，转眼已过去13年了。

到了2007年，费梁觉得此事不能再拖了，就再次去函给迪布瓦教授，希望他们给出一个明确的答复。

在费梁的催促下，迪布瓦教授于2007年5月25日回信说，因本书篇幅很长，内容很多，他们完成有3点困难：1.工作忙，没有时间；2.没有中国的全套标本；3.不懂中文，查阅文献有困难。因此，要求中方提供全套标本，并要求删除种以上阶元特征和命名及新阶元，还建议将本书改编为两本书，即一部供博物馆鉴定用的"科普书"（仅保留简单的物种形态描述），这本书可在2007年年底完成和出版。另写一部"科学专著"，这本书希望费梁和叶昌媛参加，或者中国其他感兴趣的学者参加。

2007年6月4日费梁回信表示：不同意法方将本书改编为两本书的建议，并要求法方执行双方签订的协议，希望法方依据2004年5月的书稿尽早完成清稿工作，并交出版社出版。如果法方完成本书有困难，中方愿意承担和完成全书的编写工作。

2007年6月16日，法方同意由中方承担和完成全书的编写工作。

既然法方提出不能完成这本书，费梁夫妇决定不依靠法国学者，自己承担编研 *Amphibians of China I* 的全部任务。他们下定决心，一定要在有生之年完成这部书稿，不管有多少困难。

其实开始想与法国学者合作，主要原因是解决出版经费（当时我国改革开放不久，科研经费短缺）和希望法方在语言方面把关、润色。在研究和编写方面，费梁夫妇已经基本完成书稿。法方由于没有中国的标本，对中国两栖动物没有全面的研究等原因，确实在物种记述方面也不可能提供更多的帮助。现在法国学者不能完成本书的工作，费梁首先想到的是，他们仍然要确保此书语言的准确性，并符合英语国家的使用习惯。

要做到这一点，他们特别需要一位英文水平高的人来替他们把关，尤其是文法和常用语，减少中国式英语，以符合英语的习惯用法。这时，前面帮助他们翻译过英文的钟先生已经退休了。而他们又没有经费聘请其他翻译。

思来想去，只得请家人了。家人是可以提供无偿帮助的。

二十一

　　2007年，费梁、叶昌媛夫妇带着一箱沉重的图书和资料，来到了女儿在美国的家。他们相当于把自己的研究室搬到了美国。他们和多数去美国的中国老人不一样，不是去带孩子做家务的，而是去工作的。他们要请女儿女婿支援，帮他们审校和精译书稿，协助完成这部英文巨著。

　　女儿女婿毫不犹豫地答应了，除了孝顺，他们也一直为父母的科研精神所感动。

　　女儿女婿住在美国阿肯色州的温泉城，是一座紧靠森林公园的美丽小城。白天女儿女婿上班，外孙女去学校上学，他们夫妇俩就专心致志地编撰书稿。中午简单地吃点儿剩饭，又接着干，从来不午睡。到下午四五点，他们会停下案头工作，淘米洗菜，做好准备工作，等女儿下班回来后就炒菜烧汤，一家人热热闹闹地一起吃晚饭。

　　晚饭后，女儿打理家务，女婿就帮他们看书稿。

女婿杨文邦（Leo Yang）先生是一位美籍华人医生。儿时在云南，后移居台湾读中学，再后来到加拿大读大学，学医科。获得博士学位后，先后在加拿大和美国行医30多年。恰好医学和动物学有很多相通之处，人的骨骼和两栖动物的骨骼，名字大部分都一样，在校审和翻译上可以把握得更准确。故杨先生成了费梁夫妇的得力助手。

在女儿女婿的陪同下，一家人开着车，去美国东部的几个大城市旅游，比如纽约、华盛顿、费城、波士顿等地。周末，也会到森林公园享受下大自然，放松一下。

不过，无论上哪儿玩，费梁夫妇的目光总会有意识地盯着溪水和池塘这些容易出现两栖动物的地方。就是在别墅周围散步，他们也会去观察两栖动物，以至于邻居们都知道，这两位中国老人和其他去美国养老的中国老人不一样，他们是两栖动物学者，他们还在工作。有时看到青蛙等小动物，邻居就会跑来叫他们去看。不过，阿肯色在美国中部偏南，其纬度相当于中国的西安，故两栖动物种类不多。

费老师说，说起两栖动物，那还是我们中国要丰富得多。

大部分时间，他们都在埋头工作。仍和在中国一样夜以继日地伏案写作，每天都工作到深夜。有时女儿女婿看到午夜零点都过了，他们书房的灯还亮着，不得不催促他们早点休息，以保重身体。在女儿催促了一次又一次后，他们才关灯。他们的精神感动着女儿女婿，感动着已经读中学的外孙女，一家人都全力以赴地支持，Photoshop图像制作技术就是外孙女教的。

我说，你们终于把国家的事，搞成自家的事了。

费老师和叶老师笑说，本来就分不开。

从2007年到2012年，费梁夫妇先后6次赴美。每年在美住3个月到半年时间，有一年还长达8个月。时间长短完全是根据书稿需要和进展来定的，而不是他们的需要。

就这样一点点地，含辛茹苦地，他们终于将第一卷书稿编撰完成。

2012年4月，费梁夫妇提着一箱沉甸甸的图书和文献资料以及 *Amphibians of China I* 书稿回到中国。恐怕没有哪个从美国回来的中国人，会像他们那样在箱子里装满沉甸甸的图书和相关文献飞越太平洋回国。仅此一点，就让人充满敬意。

路经北京时，他们将书稿交给了科学出版社的编辑马俊先生。

就像交出了自己抚育的孩子。

出版社收到稿子很重视，他们知道这部英文书在中国两栖动物研究方面具有重要学术价值，因此同意出版。

但是，当谈到出版经费问题时，经马俊编辑初步估算需要40多万元，费梁顿时傻眼了。他是一名退休人员，没有课题经费资助，他编写这部著作完全是"奉献余热"啊，就连赴美请女儿女婿审改书稿的往返旅费都是女儿解决的，哪里来这么多钱用于出版这本书呢？马编辑看出费梁有些为难，就建议申请国家出版基金。

费梁答应配合申请国家出版基金。申请出版基金也不是件容易的事，要填写表格，准备书的样张，还要请两位专家写推荐函等。

经过一年的评审，这本书于2013年10月获得了国家出版基金资助，金额为10万元。

这样，费梁于2013年11月与科学出版社签订了该书的出版合同。

出版社拿到这笔资金后，从2014年3月起，开始对书稿进行审读。审读也是漫长的，它不是小说，对每一句话每一幅图，都要从科学的角度去验证。直到2014年8月才完成。

初次审读完成后，科学出版社又有些犹豫。因为在此之前他们从未出版过这么专业的英文专著，由于缺少这方面的经验，担心不能准确地勘校书稿。恰好当时国家新闻出版广电总局正在提倡中国图书"走出去"，其中就包括与外国出版社合作出版图书等方式。因此，科学出版社也希望能由比较有经验的外国出版社先出版此书。

于是，2014年8月，科学出版社便与德国施普林格出版集团（Springer Group）签订了合作协议，将 *Amphibians of China I* 书稿转交德国公司，由该公司先在德国出版此书，然后再由科学出版社在国内出版。

2014年9月至2015年1月1日，施普林格公司开始对书稿进行审读、加工、排版和制作。与此同时，费梁夫妇也开始对排版稿进行一次次的校对。

二十二

但是，新的波折又出现了。

起因是前面说到过的与法方的合作。

自2007年6月16日起，费梁夫妇在等不到法方任何进展后，开始自己编写 *Amphibians of China I* 书稿。2014年8月1日，他们将已完成的 *Amphibians of China I* 书稿寄给了法国的迪布瓦夫妇审读。

法方接到书稿后，于2014年9月10日给中方回信说，他们不支持该书稿中的种以上阶元的分类和命名，并向中方提出了4项意见：1. 法方拒绝在书上署名；2. 在书的扉页上明确双方的分工和责任，并写明法方不支持本书格式；3. 不支持种以上阶元分类和命名及新阶元，并要求删除；4. 必须提供书的电子版。还提出在中方同意以上条件后，再讨论剩余的异议，法方才同意署名和出版本书。否则，法方将"完全撤除作者"。

费梁和叶昌媛收到此信，感觉对方有些咄咄逼人。但他们考虑再三，不想与法方发生冲突，毕竟已相识这么多年。他们便以友好的甚至是妥协的态度，回了信。

费梁在2014年9月18日给法方的回信中提出：双方学术观点不可能完全相同，希望求大同，存小异，以友谊为重。并建议在封面和扉页上由4人署名，在前言内明确双方分工和各自承担的责任。但不同意删除种以上阶元分类和命名及新阶元，并保持书稿格式不变，法方只能修订错误和对文字进行润色。否则中方接受法方提出的"完全撤除作者"。

法方安娜玛丽于2014年9月19日给中方回信：同意中方提出的建议，即在封面和扉页上由4人署名，在前言内明确双方分工和各自承担的责任；法方核查物种、异名和物种记述；对种以上阶元分类和命名提出有限的建议。还要求中方提供书稿的电子版。

费梁收到此信，感觉他们还是有合作的意愿的。

他在2014年9月22日给法方的回信中表示：同意法方的上述回复，电子版书稿待在适当时向出版社索取后寄给法方。

到此，双方基本达成共识。

哪知，法方的迪布瓦不知为何又变卦了。他于2014年9月30日又给中方写信，推翻法方安娜玛丽于2014年9月19日给中方的回信，坚持他原来的意见，即他在2014年9月10日信中的4项条件，否则法方将"完全撤除作者"。

费梁收到此信后，认为迪布瓦出尔反尔，缺乏诚信，根本不可能再合作了。他和叶昌嫒商议后，于2014年12月4日再次给迪布瓦回信，坚持他于2014年9月18日信中的决定，并再次表明，如无法沟通，他们尊重迪布瓦"完全撤除作者"的意愿。

中方同意法方"完全撤除作者"的意愿后，随即通报科学出版社马俊，请删除法方两名作者的署名。

这些往来信件，费梁夫妇都保存完好，可以为证。

原本事情就该了结了。但当迪布瓦从网上获知 *Amphibians of China I* 一书将由德国施普林格公司出版，并看到了他们的署名时（德国公司的疏忽，发消息时忘了去掉他们的名字），他便以本书作者的名义写信质疑施普林格公司，向其索取电子文本，并要求修改该书。

施普林格公司向迪布瓦解释，网上广告的封面作者有误，即迪布瓦和安娜玛丽已不是本书的作者，本书的作者只有中国两位科学家。并提出，有关作者署名问题，还请迪布瓦直接与费梁协商。

于是迪布瓦于2014年12月13日写信给施普林格公司和费梁，又提出要求，在本书上恢复迪布瓦和安娜玛丽的作者署名。

费梁回复说，"完全撤除作者"是迪布瓦自己提出来的，中方尊重迪布瓦的意愿。而且法方"完全撤除作者"，也是经过双方多次协商后达成的结果，因此不可能再改变。

坦率地说，这本书原本就是费梁、叶昌嫒编撰的，当时请他们参加，主要是为了在法国出版，并在语言上把关。

此后，施普林格公司与科学出版社协商，本书由科学出版社率先在国内出版。科学出版社根据法方"完全撤除作者"的信件，确定了该书作者就是费梁、叶昌媛二位。

到此，该书的编撰和出版风波才彻底结束。

2017年年初，科学出版社正式出版发行了该书。

该书出版后，费梁还是不计前嫌，将这本英文书赠送给了法国的迪布瓦教授和安娜玛丽教授。

安娜玛丽教授于2017年5月29日给费梁写信说，你们赠送的*Amphibians of China I* 一书已收到，这本书很好，它是一本很漂亮的书，对于所有从事东亚两栖动物研究的同行都是很有用的。你们成功地完成了这部著作，将你们研究中国两栖动物的全部工作、这些美丽的图画和无数的照片都展示在这本书中。请接受我和迪布瓦的最诚挚的感谢和最良好的祝愿。

总算有一个圆满的结局。

二十三

为了更全面地了解这部来之不易的巨著的出版过程，有必要再补充追述一下前面的事。

自2007年6月16日法方同意由中方承担和完成全书的编研工作后，费梁夫妇就开始重新整理和写作，而且他们还抱有一个坚定的信念，即这本英文书问世后，一定要能够代表中国两栖动物研究领域的最新研究状态，呈现最新的成果。也就是说，他们要用现在的眼光来编写，要用最新的学术观点、从最新的角度来编写。

如此一来，必须在2004年5月书稿的基础上补充新的资料，增加近几年在中国境内发现的新纪录物种以及新科新属特征等内容。为了提高这本书的质量，他们还向同仁征集了大量图片，并亲自解剖标本，拍摄或绘制大量骨骼图片。

这些工作说起来就是几句话，做起来可是非常繁重，仅解剖观察和剥制一个物种的骨骼标本，就需要大约15天时间！

　　我当时听成了四五天，费老师强调说是15天，只是解剖去掉骨骼上的肌肉等就要三天左右，还要对各部位的骨骼分别拍照，然后再制作成符合出版要求的图版，没有15天时间很难完成，如果是20～30毫米的小蛙，还需更长时间。可见这是一项需要耐心和细心，且十分艰巨的工作。

　　我除了惊叹，敬佩，真说不出其他话来。

　　听到费老师说他要求 *Amphibians of China I* 一书要达到近期学术水平时，我特意问了下这本书在出版前最后收录的新种是什么。费老师告诉我，2013年定稿之前，他们还录入了两个新种，即"蓝灰蛱蝶和武陵瘰螈"。

　　武陵瘰螈是2013年发表的新种，也是最后收录的新种，是在查阅相关刊物时得知的。2012年收录的新种更多，共有12个，均是通过查阅相关刊物知道的。他随时查阅两栖类学术刊物，还得到同行的帮助，以了解学科的发展动态，及时在他的书中反映我国的最新研究成果，包括近期发表的新种。

　　当然，最多的还是他们自己发现和命名的新种。在这本书中，费梁和叶昌媛定名的新种（和亚种）就有48个，新属（和亚属）就有17个。

　　总之，他们要努力呈现这个学科最前沿的研究状态，达到现代科学的水平。为此，他们不停地修改，不停地更新，一直到交给出版社才算定稿。

　　在出版社的努力下，书稿经过多次排版和审校，最后才出清样。

费梁和叶昌媛老师前后做了4次校对。

一天一天过去，一个月一个月过去，历经春夏秋冬4个季节的轮回，终于，这部皇皇巨著，*Amphibians of China I*，在2017年2月初，问世了。

实在是太不容易了，太艰辛了。

收到新书那天，正是2017年元宵节。全家人喜气洋洋，无比开心。

女儿费幼聪在朋友圈发了一条图文并茂的消息：

恭祝父母的第19本专著 *Amphibians of China I* 出版发行。今年的元宵节同往年一样，家家团圆，阖家欢乐，而我家喜上添喜。爸爸妈妈毕生的追求，坚持不懈的8000多个日日夜夜，在今天结果了。洋洋洒洒的1040页，200余万字，凝聚着数不清的心血和努力。在此要感谢成都生物所钟盛先教授和两爬室曾经帮助过他们的同仁，也要感谢安琪儿妇产科医院 Dr. Yang 参与该书的译校。

字里行间，流露出为父母高兴、为父母自豪的心情。

其中提到的Dr. Yang，就是费梁和叶昌媛的女婿杨文邦博士。他自2007年以来的确为此书付出了许多心血。特别是2012年之后，费老师和叶老师感觉自己年纪大了，加上校稿及制图繁忙，不能再一趟趟去美国了，杨先生便和妻子一起回到中国，一面继续当医生，一面利用业余时间，帮助岳父岳母两位科学家审校书稿。他的这种精神，也让我深深感动。

费幼聪将这条信息发到朋友圈后，费梁老师的侄女婿刘亿也在朋友圈发表了自己的感想——

费梁先生和叶昌媛先生是中科院成都生物所的研究员，主要从事两栖动物的研究工作。在他们的研究领域，他们毫无疑问是全世界最杰出的科学家。我没有能力从专业角度来评价他们的杰出贡献，但我可以从一个晚辈的视角，从几十年的接触来阐述他们献身科学的崇高精神和不为名利所累的高尚人格。

我在30多年前认识了两位先生，在这几十年中，我知道他们不断有研究成果问世，有学术著作付梓。他们的辛勤耕耘，终于结出丰硕成果，也得到国家的高度肯定，最高领导人的接见和鼓励以及全世界同行的尊敬和爱戴。我知道这一切完全是用时间和生命燃烧出来的。几十年来，他们几乎没有节假日，我们给他们拜年，都经常是在他们的实验室。

是的，除了在专业领域，他们几乎不为人所知，也没有得到过什么特别的利益，他们压根儿就不在乎这些。所谓淡泊名利，说来容易，可在这个现实的社会，真正能做到的又有几人呢？

他们现在都已经是耄耋之年，依然耕耘不辍，*Amphibians of China* 的下卷，还有待他们撰写出版，而这又是何等艰巨的任务呀！他们是在和时间赛跑，用生命让我深切体会到了"使命感"

的含义。

50多年专注于一件事情无疑是执着的，也是孤独的，而我想说他们是无比幸福的。可以毫不夸张地说，他们的品格对我的思想是有潜移默化的影响的，而他们将侄女介绍给我认识，就奠定了我的人生轨迹。感谢五姨爹、五姨娘。

（侄女婿刘亿，于四川大学）

这段文字写得非常好，也表达出了我的心声，表达出了许许多多人的心声。"50多年专注于一件事情无疑是执着的，也是孤独的，而我想说他们是无比幸福的。"

所以，沉浸在喜悦中的费老师和叶老师，根本不在意稿费的多少，当我替他们的稿费太低愤愤不平时，费老师笑说，我们哪里还会计较稿费哦，能把书稿完成出版，就谢天谢地了。

可以说，他们是在和时间赛跑。难怪他们的亲友说，连拜年，都时常要去办公室才能找到他们。

二十四

2017年3月22日，我再去生物所采访费梁、叶昌媛夫妇。

2017年4月7日，我又一次去生物所采访他们。

每次去之前，我都要先给费老师发短信，预约时间。费老师经常要到夜里才回复我，也就是说，只有那个时候，快要睡觉的时候，他才会看一眼手机。这对手机不离眼的当下人来说，是不可思议的。

但对费老师和叶老师来说，是太正常不过的事情了。想想看，连亲友们拜年，都要找到办公室去，更何况手机？

在一次次到那间小小的拥挤的办公室采访后，我深深感到，费梁老师和叶昌媛老师，真的是把自己的一生，完完全全地交给了两栖动物科研事业。从上世纪60年代初进入两栖动物研究领域后，就再也没有改行或者中断过。钟情一生，痴迷一生。他们的事业持续了半个多世纪，如同他们的婚姻，也持续了半个多世纪。

几十年来，他们把所有的生活享受都放弃了，默默无闻地埋头做事。我说他们默默无闻，是指在他们这个领域之外，完全不被世人所知。比如我，在此之前，完全没听说过。即使是有一些报道，也是一晃而过，不会关注。但他们不在意这些。真的不在意。

儿子费翔回忆说："我们的童年就是伴随着两栖动物长大的。我们帮父母饲养蝾螈，抚育蛙卵和蝌蚪，特别喜欢在显微镜里观察蛙卵的细胞分裂，还用昂贵的摄影器材拍摄动物和冲洗照片。最期盼跟随父母到四川医学院上班，可以在钟楼下池塘里摘莲、钓鱼、捞蝌蚪。时常懵懵懂懂地聆听父母讨论两栖动物的分类区系和新种命名，'锄足蟾科''蓝尾蝾螈''模式标本和模式产地'之类的专业词汇，也刻入了脑海。不上学的时候就跟随父母到办公室，在父母身边做作业或看书，闲暇时就欣赏身边的各色动物，摆弄各种标本，知道了毒蛇和无毒蛇的区别，分清了青蛙和蟾蜍、蝾螈和蜥蜴。

"而我们的父母，几十年来的生活就是在家和办公室两点一线之间奔波，无论酷暑寒冬或节假日，每天都在一间堆满图书和标本的小房间里埋头工作，长达十个小时。我们长大后，不得不帮他们承担家务，做好饭等他们回家。可是他们吃了晚饭后又去办公室了，直到深夜办公楼拉铃熄灯才回家。"

在他们的世界里，除了一双儿女就是两栖动物。他们的办公室桌上是青蛙，四周柜子里是一瓶瓶的蛙类标本，书架上全是关于两栖动物的书。家里的鱼缸里养着蝾螈，大盆里养着一米长的大鲵，厨房还喂养着黄粉虫和蚯蚓，那是给蝾螈和青蛙准备的美食。连墙上挂的国画都是青蛙和蝾螈，挂历和台历也是珍稀动物。

叶昌媛老师的身体一直不好，数次住院，但只要稍一恢复，她马上就回到办公室。我第一次采访时她刚刚出院，看到她脸色那么不好，很是担心。可是后来一次次去，她都默默地坐在办公桌前，拿着放大镜，在看图标图，在撰写文字。看着她佝偻着背，脸色青黄，我真的是很为她担心，但她毫不在意，总是微笑着跟我说，没事。

而费梁老师为了研究更是不顾一切，他曾连续48小时不睡觉，只为记录青蛙的个体发育到变态的过程。为了解剖小小姬蛙的骨骼，他甚至用坏了眼睛，导致视网膜脱落。

面对我流露出的不解，费老师说，最开始我们只是服从领导安排，去努力工作。慢慢地，在工作中了解到了这个学科的奥妙和意义，喜欢上了它，然后又逐步认识到了它的重要性，爱上了它，最终，愿意为它奉献自己的一生。也就是说，他们和他们的事业，是日久生情。

现在，他们已不仅仅是钟情，而是已经有了强烈的使命感。

因此，这半个多世纪里，无论发生什么事，家庭也好，单位也好，社会也好，无论出现怎样的困难和阻碍，都没有影响到他们的研究工作，没有影响到他们对事业的情感。除了工作，他们没有任何业余生活，以至于到现在，也没有任何爱好。

费老师笑说，我们现在唯一的休息调节，就是早晨起床至早餐期间收听新闻，晚上看一个小时电视，回看《今日亚洲》《海峡两岸》《今日关注》3 个栏目。

我说，我从你们的纪念册上看到，你们还是有过很多出国经历的，你们是去旅游，还是去做访问学者？

费老师说，我们在职期间，主要是去欧美国家考察，为 *Amphibians of China* 一书，也是为了解国外的研究状况。后来去了几次东南亚国家，每次都不是去大城市，而是去热带雨林地区，到那儿观察热带雨林和当地两栖动物的生存环境。东南亚国家的学者很少研究两栖动物，所以也没法与他们建立业务关系。退休后由于没有课题经费，我们不再出国访问了，但还是有很多欧美及邻国学者到成都来与我们交流。其中有一位法国学者，名叫阿克塞尔·埃尔南德斯（Axel Hernandez），他对中国和东南亚的蝾螈类动物进行了多年考察和大量研究。他和他的父亲于 2014 年到成都来，请求我为他的新书《亚洲的鳄蝾螈（棘蝾螈属和疣蝾螈属）》（英文版）作序。这本书已于 2016 年在法国出版发行了。我曾多次为中国学者的两栖动物著作写序，给国外学者的图书作序还是首次。

如果有人说他把一生献给了某某事业，那往往是形容。比如我，我要说我把一生献给了文学事业，那肯定只是形容（略带夸张的形容）。因为我起码有一半的人生是没有献给文学的。一年365天，我与文学有关的日子最多200天，而这200天的每个24小时里，我与文学打交道也最多六七个小时。

但费梁、叶昌媛夫妇就不是了，他们是真正地把一生献给了他们的事业。从上世纪60年代初到现在（包括退休后的20余年），在超过半个世纪的岁月里，他们的一年365天，300天以上的日子是和两栖动物打交道的，一天24小时，10小时以上是和两栖动物打交道的。他们把所有的时间、精力、情感乃至健康，都献给了两栖动物事业，就好像他们是为两栖动物而存在的。

也许这样的专一和忠诚，就是科学家的精神。

我忽然问，孩子们对你们这样的奉献有什么看法？

费老师说，总的来说，子女对我们的事业是理解和支持的，有时也有一点担心和情绪。有一天傍晚，我女儿下班到我办公室来，看到我又在显微镜下工作。她说："爸，你可以不看显微镜吗？如果你的视网膜再次脱落怎么办？"我安慰她说："不会的，我会尽量注意的，解剖标本是工作需要，我必须继续工作。"她看我不听劝，有些生气地说："你的视网膜再脱落对你有什么好处？对我们有什么好处？"我只有沉默，我既不能答应她放下工作，又不忍伤她的心。我们积累了一辈子，现在正是出成果的时候，必须争分夺秒工作。最后女儿无奈地说："爸爸，你要爱护自己的身体，保护自己的眼睛，这样你才能有幸福的晚年。"我知道女儿是为了我好，可是我的工作离不开显微镜，我只能答应她尽量注意。

其实，他们的儿女不仅仅担心着父母的身体，更为父母的敬业精神和取得的成就感到骄傲。

儿女们回忆道："父母因为勤奋和严谨，已取得显著成果，时刻都在影响着我们。为培养我们的书画能力，爸爸要我们帮助抄写稿件、绘制蛙图，为提高我们的积极性还按件计酬。常年的训练使我们继承了爸爸的一手好字，学会了墨绘精描。爸爸要求严格，抄稿画图，容不得污迹和涂改，书写出错需用小刀慢慢刮去墨迹，再填上正确的笔画，一旦刮破纸张，就得整页报废重来，无数的返工使我们继承了父亲谨慎精准的素养。在不上学的日子，我们总是跟随父母上班、下班和加班，常到生物所图书资料室阅读大量的科学图书。他们的治学、科研精神也在无形中感染了我们，使我们受益终身。在那段日子里，父母亲是忙碌艰辛的，而我们则是充实快乐的。"

如今，年逾八十的费梁老师和已经身体欠佳的叶昌媛老师，仍在继续他们的事业，他们一年至少有300天是与两栖动物在一起的，每天也至少有10小时面对两栖动物。

我从来没见过那么单纯的专一的生活。

这样的单纯和专一，让我心生敬意。

成都生物所的党委书记叶彦，是这样描写两位科学家的：

在此前的十余年里，我总会时不时地在研究所园区里看到两位先生的身影。两位先生总是早早就到办公室，比很多职工都早；有时我加班，下班晚，也能看到他们，迈着不紧不慢的步子；有时他们沐浴在春天的暖阳里，有时他们顶着冬日的寒风。这样的场景在四季重复着，直到今天。

两位先生主编的专著陆续出版了。刚开始的时候，每当新书印成，费先生总会给我打电话，要把书给我送办公室来。捧着油墨飘香、装帧精美、厚厚的、沉甸甸的专著，我能真切地感受到两位先生付出的辛劳。后来，两位先生的新书出版后，我都去先生的办公室取，再不敢烦劳先生从科研楼跑到综合楼给我送书。

两位先生的办公室是在研究所建于上世纪60年代末的科研楼的二层西头，面积不足20平方米。屋子四周摆满了老式的木质书柜，中间放着三张办公桌和几把椅子。书柜里放满了各种图书，办公桌上堆满了参考资料、书稿，另外，还摆放着两台电脑。十几年来，两位先生就是在如此拥挤的环境里工作的，那一部部专著就是从这里走到了印刷厂，走进了科研院所和大学的图书馆，被莘莘学子捧在手里、埋头苦读。

每次与两位先生见面，他们总是滔滔不绝地给我讲述他们的工作进展：这本书已经校对了3次了，过几天到北京再做最后的校对；下一本书已经开始筹备了，基金委的出版基金已经争取到了；准备再去趟野外，采些标本回来，好核对一些数据、补充文字描述；与法国国家自然历史博物馆的合作进行得很顺利……除此以外，他们每次都会说，感谢所里，谢谢所里给了他们这么多帮助和支持，但从不提及他们的困难。

两位先生就是这样的人：几十年如一日，孜孜不倦、默默耕耘。

他们耕耘出了累累硕果：190余篇学术论文，主编参编专著27部，发现新种72个、国家纪录新种14个，建立新属24个、新族15个、新亚科6个、新科1个。2014年，以两位先生为首的两栖动物系统学研究团队，荣获了国家自然科学奖二等奖。这是研究所建所近60年来首个国家级自然科学奖。这既是两位先生的光荣，更是成都生物所人的光荣！

（摘自《探蛙知音》）

叶书记这段饱含深情的文字，充分体现了所领导对费老师、叶老师夫妇由衷的尊敬和支持。我还从这篇文章中得知，2015年7月，已经退休近20年的费梁老师，被所里授予了"优秀共产党员"称号。

第五章　步履不停

Chapter Five

二十五

2017年3月22日，我第四次来到那间小小的办公室，采访费梁老师和叶昌媛老师。

冬去春来，窗外已是阳光明媚，但他们就好像从来没离开过那间小屋一样，依然坐在他们的桌前。费老师正在电脑上整理文稿，叶老师则拿着放大镜在看图。

与上次不同的是，堆在地下的那些厚厚的 *Amphibians of China I*，已经没有了。

我指了指地下，问，都送完了吗？费老师说，差不多送完了。该寄的都寄出去了。我说，光是运费就花了不少吧？费老师笑说，运费4000多元，所领导大力支持，给我们解决了。

也许是天气暖和些了，我看到叶老师的气色比上次好了不少，心里略感欣慰。

我们坐下来，又开始了交谈。每次来，一个下午的时间总是一晃而过，感觉谈不了两个问题，时间就没了。尤其是两位老师极为认真，当谈到某个蛙时，他们一定要找出蛙的标本或者标本图给我看，我说我知道个大概就可以了，他们依然不放弃，直到找到为止。

科学家的严谨精神，也体现在这种细节上。

这回我先问了费老师一个工作以外的问题。

我说，最近在微信朋友圈里，看到有朋友转发了一则消息，说非洲有一种奇特的鱼，称为非洲肺鱼，它可以在干涸的泥巴里存活好几个月。我在视频上看到，非洲当地人从泥巴里挖出一坨干泥巴，掰开泥巴后，里面就是一条活生生的鱼，放入水里马上就游了起来。

我感到很惊诧，就问费老师，它是鱼吗？它会不会是两栖动物呀？比如蝾螈什么的。因为鱼儿离不开水嘛，这是我们从小就知道的道理。它只能靠鳃呼吸，那种鱼，怎么能离开水到岸上来？

费老师回答我说，它的确是鱼，它之所以叫肺鱼，就是因为它有肺，不但有肺，也有鳃。它有两套呼吸系统，即鳃和肺，在水里用鳃呼吸，上岸用肺呼吸。在鱼类中只有肺鱼才有肺，正因为有肺它们才能在陆地上生活一段时间。这种鱼在天旱的情况下将身体埋在泥土内，身体可分泌出黏液，黏液与泥土黏合可形成包膜，并将身体包裹起来，以减少水分蒸发，一般在包膜上留有一个或几个小孔，作为呼吸的通道。在此期间它们的新陈代谢很慢，靠体内蓄存的脂肪维持并度过整个旱季，这样它们可以在泥土内"睡"上半年左右。旱季过后，一旦大雨倾盆，栖息地变成汪洋或沼泽，它们又从泥土中出来回到水塘或湖泊里营水栖生活，其呼吸又转为鳃呼吸。

它们与我国北方的蛙类相似，每年可在泥土里冬眠几个月。一般鱼类离开水域很快死亡，而肺鱼离开水域一般可以在陆地上存活十多天，如果环境潮湿它们的存活期会更长。在非洲自然环境中旱季约为半年，一般它们都能在泥土中度过旱季。

至于肺鱼能否在土中"睡"几年不吃不喝，在野外无法观察，因为旱季一般只有半年左右。几年都处于旱季状态，只能在人工旱季环境内做实验，并观察它们能在泥土里存活几年。

听了费老师的讲解，我真觉得太有意思了。原来它们既有鳃，又有肺。也许跟油电混动车一样，一会儿用电，一会儿用油。

大自然真是神奇。

我在科普书上看到，蛙类中也有这样耐旱的蛙。澳大利亚的沙漠里有一种载水青蛙，在旱季到来之前，它会将水分尽可能地吸入自己的皮肤中，让自己像一只大水袋，然后趁着地下湿润挖一个洞，把洞口封起来，躺在里面休眠，度过旱季。当雨季来临，青蛙就从地穴中跳出来，重新吸足水分，并且进行交配，繁殖下一代。

存活真是不易。

我还看到一种古怪的蛙，它们是在胃里孵卵，从嘴里吐出幼蛙，原产于澳大利亚昆士兰，是世界上唯一采取这种繁殖方式的蛙（事实上在整个动物界也很稀有）。这种蛙的卵，是被一种叫作前列腺素的物质包裹着。这种物质使蛙的胃停止产生胃酸，从而使蛙的胃成为一个对蛙卵非常有利的场所。蛙将卵吞咽到胃里，在内脏里培养。当卵孵化成功的时候，小蛙就从大蛙的嘴里爬出来。多么有趣的生命！但是到了上世纪80年代，因为一些非人为的原因，比如寄生虫、失去栖息地、植物的入侵、某种菌类，它们最终消失了。幸好还留有照片，看到照片你不得不张大嘴巴。

在科学家们不断发现新种的时候，又有一些种在不断消失。这就是自然界的规律。

为了了解这些蛙，费梁夫妇一辈子不停地去野外考察，除去"文革"中停顿的几年，每年都要去，时间短则3个月，长则半年。年轻的时候，差不多一年有一半的时间在野外。即使退休后，也多次参加野外考察。直到2015年79岁时，费梁还去峨眉山考察，一天之内徒步10小时，其中一半的时间是在爬山。

我们说踏遍青山往往是形容，而费老师他们，是一步一个脚印实实在在的踏遍。因为研究两栖动物，必须进行大量的野外调研。或者说，野外调研与室内研究，几乎是一半对一半的分量。而且两栖动物与兽类、鸟类、鱼类不同，它们生活隐蔽、习性独特、特有种群众多，野外考察必须更加细致，更加耐心。

费老师说，鸟会飞，兽会跑，容易被发现，而两栖动物则是悄无声息地潜伏在大自然里，而且它们还是夜行性动物，没有一双专业的认真的眼睛，很难发现。

去野外考察，是研究两栖动物的重要环节，或者说是不可缺少的第一步。一般来说，三、四月份，天气暖和了，就会出去考察。因为两栖动物不是恒温动物，是变温动物，冬天要冬眠。南方三、四月份可以出去了，北方要到五月份才行。

毕业没多久，费梁和叶昌媛就开始频繁的野外考察，年年赴野外3个月到半年，有时甚至七八个月。1962年，他们分别到四川西部的二郎山进行两栖爬行动物和小型兽类调查。1963年3月，他们又分别赴贵州考察。之后，1964年3月到8月费梁赴海南考察五个月，1965年5月到7月，费梁赴四川西部山区考察两个月。（后面这两年，叶昌媛因为有了孩子，孩子太小，故无法再长时间赴野外了，就在室内做研究工作。）

这样，在“文革”之前，他们的野外考察就获得了两栖爬行动物的标本数千号，其中包括多种新种标本。遗憾的是，这项工作在“文革”期间中断了几年。

野外考察选点很重要。刘承钊先生多年下来已经积累了一些选择考察地点的经验，一一传授给他们。哪些山脉比较多，哪些区域比较丰富。比如横断山脉一带，两栖动物最多，其原因是它的走向是南北走向，动物受气候影响，可以南北迁徙。故比东西走向的山脉，更适宜动物生存。不仅仅两栖动物，其他动物也很丰富。

我问，年轻的时候去野外考察是不是很兴奋，期待着发现新种？

叶老师笑道，还真的是很兴奋。因为野外考察总是在春天进行，春天的大山都是郁郁葱葱的，树木新绿，野花盛开，溪水潺潺，百鸟啼鸣，一走进山里，心情就特别舒畅。

叶老师现在说起，眼里依然闪烁着快乐的光芒，仿佛眼前又出现了大山里的景色。

二十六

1961年，刚毕业不久的叶昌媛，跟着四川医学院生物教研室的杨抚华老师，到达县地区搞野外考察。他们一去就是3个月。边工作，边学习。

当时两栖小组就她一个女同志，野外考察历来艰苦，女同志就更艰苦了。六七十年代，外出考察每天的补助是一毛六。吃的差不说，住宿也很差，最糟糕的是没法洗澡，每天爬山一身大汗，衣服干了湿、湿了干，身上脏得发痒了，也只能忍着。实在忍不住了，叶老师说，有时候收工回驻地时，她就有意落在最后，等男同志都走远了，自己就找个小溪，借着树丛遮挡，简单地洗洗擦擦。

这样的生活，让我想起了地质勘探队员，幕天席地，说起来很豪爽，实则需要忍耐。

第一次考察去的第一个点，是万源的花萼山。这让叶昌媛至今难忘。花萼山海拔2000多米，山势很陡，山上不可能住宿，他们就在山脚下找了一个鸡毛店安顿下来，既作为住宿点，也作为临时实验室。白天上山考察，晚上回来处理标本，记录考察经过。

鸡毛店条件十分简陋。叶昌媛和昆虫小组的两个女同志挤在一张床上，一个晚上，被蚊子、臭虫、虱子轮番咬，简直无法入睡。但是第二天一上山，她就把这些全忘了。

杨老师带着他们，一路走一路教他们辨识青蛙，用拉丁文告诉他们那些青蛙的名字，这个是黑斑蛙，这个是泽蛙。那音节都让叶昌媛觉得特别好听。

上到山上，他们很快就发现了新种，而且是两种。后来经胡淑琴老师鉴定，确定了那两个新种的名字为秦巴北鲵、合征姬蛙。

每考察一个点，结束后都要给所里写信汇报，具体说，就是给胡淑琴老师写信汇报，内容包括他们在这个点发现了什么种，这个种有什么特点以及他们的看法等。当然也要汇报大家的工作情况。胡淑琴教授看了信，马上回复给予指导。由于考察队是流动性的，往来信件就都寄到当地邮局，去邮局取。

叶老师说，同时去邮局取的还有现金和粮票。由于野外考察时间长，他们不可能一次性带出很多现金和粮票，所里会按月寄给他们。其中包括伙食费、住宿费和人工费，人工费即请挑夫挑运标本箱子的费用。

有一次叶昌媛从驻地到邮局去取信件和汇款，没有车，全靠两只脚徒步，走了几个小时，又饿又累，几乎迈不动步子了。一个赶车的老乡看不过去，把她送到了邮局。这样的艰苦生活，熬过来就是财富。

第一次野外考察，他们主要在达州地区进行。花萼山结束后，又转点到了光雾山。光雾山植被更好，风光也更好了。但还真是无限风光在险峰，光雾山的生活条件越发艰苦，他们连鸡毛店也找不到了，只找到几间茅草栅，是1958年大炼钢铁时当地村民搭建的。那茅草栅是人字形的，很小，人必须弯腰才能进入，除了躺着睡觉，完全转不开身。但只要能避风挡雨，就可以了。蚊叮虫咬，潮湿闷热，不能洗澡。大家丝毫不在乎生活的艰辛，全身心地投入考察中。一个是他们的事业心使然，再一个，是那时候所有人的生活都很艰苦。

在光雾山，他们很惊喜地又发现了一个新种。采回后经分析鉴定，确定为南江臭蛙。接下来，又采到了南江齿蟾。收获连连。

第一次野外考察，就采到了四个新种，这让叶昌媛太兴奋了，大大增强了对这份工作的信心。正如费梁所说，这个领域有太多的空白，可以让他们大显身手。

叶昌媛在艰苦的工作和生活中得到了很好的锻炼，加上她强烈的事业心和责任感，到第二年，就胜任领队工作了。

第二次是到二郎山考察，他们小组四个人，她带着三个男同志开展工作。山上没地方住，只能住到道班。男同志就和道班工人挤在大通铺上睡。为避嫌，就让她睡到角落靠马桶的地方。她只好在那个角落打开铺盖卷铺床。夜里根本睡不好，不仅气味很重，还时常有工人起夜，发出各种声响。但她默默忍耐着，无论夜里怎么休息不好，第二天都照样领着大家工作。

这让我想起了自己年轻的时候，也是吃过类似的苦。一个女同志想要干点事业，不怕吃苦，甚至忘记自己的性别，是首先要做到的。叶昌媛做到了，而且不是一时一事。

但是，伴随着工作取得的成就，是异常艰苦的生活。

住宿条件差是次要的，重要的是经常吃不饱饭。60年代，他们每月的口粮是22斤，去野外考察，增加到30斤。但依然不够吃，因为野外考察是大强度的体力劳动，每天都要翻山越岭，在山上一走就是几十里，消耗很大。吃一碗饭，走出去一小时就消耗了。油水少，饭菜更不经饿。

听到这里我想当然地问，你们不能买点儿红薯、土豆什么的，补充一下粮食吗？

叶老师和费老师异口同声地回答我说，哪里有红薯？没有红薯卖，也没有土豆卖，那个时候不准种自留地。最多只能采点儿野菜来补充。

我又问，那可不可以顺便抓点儿你们要采的标本来吃呢？

不会，不会。两位老师又是异口同声地回答我。

我好奇，继续问：是不好吃，还是不允许吃？

不允许吃。

费老师说，我们采标本，是本着保护环境的态度，不会过多采集的，只采集一定数量。比如某一种蛙采两三只，简单处理后马上就放进福尔马林里了，哪可能拿来吃呀。再说，我们也从来没想过要吃标本。

哦，我明白了，他们做这一行，对自己的研究对象一定是怀有感情的。果然，费老师给我讲了个小故事。

曾经有一个东北同行，很敬重胡淑琴教授，他得知胡淑琴教授身体不好，很虚弱，就去买了一对哈士蟆（可做中药）寄给了胡淑琴教授，想让胡老师调养一下身体。胡老师领了他的好意，但始终把那对哈士蟆放在柜子里，一直到生虫都没去碰它。因为在胡淑琴教授看来，那是她的研究对象，是必须尊重的。

费老师笑说，不要说青蛙、蟾蜍，那个时候我们连黄鳝都不吃。不光是我们，老百姓也不吃。那时候有个说法，如果某人做了坏事，就说，你是泥鳅黄鳝吃多了。

这个我还是第一次听说。看来不管怎样缺衣少食，老百姓依然有自己的禁忌。

费老师、叶老师他们不但自己从来不吃，也希望大家不要吃。特别这两年，青蛙日益减少，费老师很是焦虑，见人就宣传不要吃青蛙。他说，虽然青蛙谈不上有毒，但蛙的内脏和皮肤上却有寄生虫，不吃为好。更重要的是，蛙可以大量捕食害虫，维护生态平衡，大家还是不要吃蛙了。

拳拳之心，处处可见。

再说回考察。两栖动物总是傍水而生，要发现它们，必须经常涉水。水沟里通常都生满了苔藓，非常湿滑，一不留神就摔跤。

费老师回忆说，那个时候没有雨靴，布鞋也不可能下水，所以他们出野外只能穿草鞋。草鞋很粗糙，有的是用竹子纤维编织的，有的是稻草编织的，很磨脚。他们就在里面穿帆布袜子。袜子一下水就湿透了，行走中又自然晒干。一双脚总是裹在潮湿袜子里。他们每次出去，都要带上十几双草鞋。幸运的是，这么折腾，还没有得风湿性关节炎。

不过比起鞋子一次次被水打湿，蚂蟥更可怕。费老师说，在海南野外考察时，草鞋是不能穿的，那疯狂的蚂蟥一旦爬到腿上脚上，那就惨了，甩都甩不掉，拼命吸血。为了防蚂蟥，他们只好穿长筒靴，并且在靴子上系着浸了福尔马林的纱布，以此来驱赶蚂蟥。

现在搞研究，标本已经很多了，如果需要某个标本，就针对性地去找。那个时候却不同，空白太多，要大规模采集。采集中发现了新种，不但要做标本，还要认真观察分析，做记录。加之那时候野外考察，两爬没有分开，两栖动物与爬行动物都要采集，回到室内才分开研究。也就是说，看到青蛙要采标本，看到蛇也要采标本。工作量自然很大。

二十七

说起野外考察的第一次，费梁与叶昌媛是不一样的。费梁的第一次野外考察，对象不是两栖动物，也不是爬行动物，而是兽类。那个时候他还在兽类组。

1962年春，生物所组队到二郎山搞野外调研。费梁也参加了，那是他的第一次。虽然他和叶昌媛都上了二郎山，却一个在西坡，一个在东坡，考察的对象也不同。

费梁在兽类小组。但当时他们所还不具备考察大型兽类的条件，只好搞小型兽类。具体说，就是山上的鼠类、竹鼠、田鼠、松鼠等等。具体做法就是，在不同的海拔，不同的地域形态，布置捕鼠夹，以此来考察鼠类的分布和特性。山上老鼠很多，有时候一百个捕鼠夹还没放完，就听到了老鼠被夹住的声音。晚上去收夹子，统计种类和数量，然后带回来做标本。老鼠做标本，要先剥皮，再用砒霜消毒。砒霜可以消毒，这个我也是第一次听说。之后在里面塞上棉花，做成标本。

在安放捕鼠夹的过程中，费梁的一双眼睛也没闲着，他很敏锐地在山间的溪流沼泽中，发现了一些蛙类。他就抽空将这些蛙类采集回来，并且学着做标本，写观察笔记。做好这些后，交给叶昌媛。

我猜测，费老师那个时候完全没想到，自己以后也会从事两栖动物研究，之所以那么做，一是出于好学，二是想帮帮自己女朋友的忙。

却不想，最终帮了自己的忙。给自己留下了一颗种子。

我问费老师，你年轻的时候野外考察，印象最深的一次是什么？也是发现新种吗？

费老师笑说，我印象最深的是在山上采到一条又粗又大的毒蛇，俗称五步蛇，据说被这种蛇咬后走不了五步可能就送命，即说明此蛇是一种很可怕的毒蛇。

那是1963年3月，费梁和叶昌媛跟着四川医学院老师去贵州做野外考察。先后去了印江县（梵净山）、兴义县、安龙县和罗甸县。那个时候费梁还在爬行动物小组工作。

他们先到了兴义县，那一年贵州发生了少见的大旱。他们3月开始工作，一直到6月都没有下过一滴雨，这在贵州是罕见的。由于干旱，地里的庄稼都干死了，水稻也无法下种，蔬菜更是见不到。

他们到那里后，听村民说当地发现了剧毒的毒蛇，名字叫犁头匠（又称为五步蛇）。他们正想采这个标本，就在村里住了下来，每天上山去找这种蛇。

我问，两栖动物里，有像毒蛇那样带毒的蛙吗？

费老师说也有，比如南美洲的箭毒蛙。但目前在我们国家还没发现。

当时生活非常艰辛，虽然国家每天供应1斤大米，自己在自由市场再买些豌豆，饭够吃，但是因为干旱，没有菜吃。尽管当时贵州的自由市场已经开放，也买不到菜。他们只好用辣椒面拌盐当菜吃，下饭倒是下饭，但是身体极度缺乏维生素，导致大便干结，甚至便秘。

组里有一位老同志，叫王宜生，比费梁大20岁，当时已人到中年，但也和费梁他们一样过着艰苦的生活。他有一项特殊的技能，即绘图。

早年的野外考察是没有相机拍照的（后来有了也只是黑白照相机）。那么，出书的时候，那些彩色的两栖动物图，是怎么来的呢？

老实说，我还真没想过这个问题。

费老师讲到这里，翻出那本《中国无尾两栖类》给我看。他指着里面的彩色图告诉我，这些生态图，都是靠人工画出来的。我一看很是吃惊，那些栩栩如生的蛙和蟾，每一条纹路都清晰可见，感觉像是用数码相机的微距功能拍出来的，真难想象是人绘制的。

费老师说，画这些图的，就是王宜生先生。那时候他和他们一起出野外，现场绘图。后来他的年纪大了，很少出野外考察了，就在家画。此后，费梁他们如果发现了新种，也得先画个草图，再根据标本身体各部位颜色，用水彩涂在草图上，再拿回室内请王宜生先生根据草图和标本，细致地描绘成生态彩色图。

讲到这里费老师再一次说，今天我们在两栖领域里取得的成就，饱含着无数人的默默奉献，是长期积累的结果。这个长期，可以说已长达半个世纪了。

接着说贵州，说五步蛇。

他们住在山村的粮仓里，每天上山去找五步蛇，找了半个月也没找到。看其他标本都采得差不多了，只好转点。

那天早上他们收拾好行李，正准备出发时，忽然有老乡来叫他们，那边有一条犁头匠！

犁头匠是当地百姓对五步蛇的称呼，因为这种蛇有一个大的三角形的脑袋，像犁头一样。这时他们的工具已经全部收拾好了，但听到老乡叫，还是很激动，连忙拿着简易工具跑上山。

果然，在山坡上有一条巨大的五步蛇，盘在牛粪等堆集的肥料堆上。因为肥料堆热乎乎的，它盘在上面睡觉，看到人来了也一动不动。王宜生有经验，他让费梁用扁担压住蛇，他上前用镊子夹住蛇头，然后他们一起将那条大蛇捆在网蛇用的杆子上。那杆子一米五长，正合适。毕竟是条剧毒的蛇，他们格外小心，不让蛇的头露出来，装入网袋里。拿回去做标本时，也是先把头露出来，夹住头后再取出蛇。

看到他们抓住了犁头匠，周围的老百姓全部跑来围观了。

因为他们那里还从来没有人敢去抓这种蛇。费梁也感觉很骄傲，第一次出野外，就抓住那么大一条毒蛇，用秤一称体重有三斤八两。这让他感觉所有的辛苦都很值得。

没想到更辛苦的还在后面。

转点到贵州安龙县后，考察点在很高的山上。那里人迹罕至，荒野密林遍布，只能住在山下。

于是每天早上8点半，他们就带着盒饭出发，走3个小时的山路才能到达考察地点，到中午，吃盒饭就算休息了，然后接着工作。晚上五六点下山，回到驻地吃晚饭已经是8点了。如果那个时候有手机计步，我估计他们每天都得走三四万步。回到驻地还要处理标本，写考察日记。很晚才睡。真的是非常辛苦。

第二天又是如此，循环往复，持续了整整一个月。我估计那个时候的他们几个，参加马拉松都没问题了，已具有持久的耐力。

幸运的是，辛苦换来了收获。他们在山上又发现了新种，经鉴定，为安龙臭蛙。这应该是费梁发现的第一个新种。当时我们国家发现的臭蛙仅有三四个种，到如今已经有三四十了，增长了十几倍。

随着收获越来越多，标本越来越多，他们的行李也越来越重。有时候带出去的标本箱都不够用，又在当地临时做箱子。每年都发现新种，每年都学到新东西。正是这样年复一年的积累，使标本室越来越丰富，从他们开始时的几排标本柜，到后来的整间屋子，再到后来的几间屋子。现在，成都生物所的两栖爬行动物标本馆，已经是亚洲最大的两栖爬行动物标本馆了。里面收藏了10万余号不同物种的两栖爬行动物标本，那些标本都是费梁和全室同仁亲自采集、解剖、制作、记录的；他们对每一号标本都进行过整理、登记入卡和分类鉴定。也就是说都亲手摸过，看过，甚至至今对标本瓶的大小高矮、瓶子中福尔马林的颜色都清清楚楚。

毕业没几年，费梁和叶昌媛就已经可以独立出去做考察了，他们已经学会了怎样选点，根据不同的环境、不同的气候、不同的海拔来选择。他们的目标，是要在前辈的基础上，把中国两栖动物的"家底"摸清楚。说是摸清楚，真正做到也是很不容易的，光是四川一个省，就不断发现新种。让他们又高兴，又有压力。

事业的迫切需要，老师的悉心指导，加上自身的刻苦努力，他们在两栖领域取得长足进步。最开始，他们把考察的想法汇报给胡淑琴教授，胡淑琴教授整理成论文，很快，他们就能够自己撰写论文了。

两个年轻人怀揣着好好干一番事业的信心，开始了漫长的，又是艰辛的科研生涯。

二十八

2017年4月7日，我第五次来到费梁和叶昌媛两位老师的办公室。穿过长长的走廊。他们的办公室在走廊尽头。快要走到时，我发现他们办公室隔壁的房间在清理物品，尘土飞扬。也许那里原本是仓库。为避免灰尘，费老师他们的房门紧闭。

我敲门，两位老师起身迎接我。

我每次走进去，里面的情形都会有所不同。大部分时候，费老师和叶老师各自坐在自己的桌前。有时候，费老师会坐在里面的电脑前，还有一次，叶老师在接电话。

说实话，我感觉自己每次去都挺打扰他们的，一坐就是一下午，他们不得不停下手上的事情来接受采访，一个人讲，另一个人也受影响无法工作。但是，我对这个领域完全不懂，加上他们漫长的一生，不得不一次次地一点点地来理清。

这次我进去时，费老师正在叶老师的电脑上操作，好像是拿优盘在复制文件，非常专心，叶老师站在旁边等。我进去了他们也没动身，直到把事情做完了，费老师才抬起头来。

他这种状态，让我想起了他们前次给我讲的费老师怎样成为胡淑琴教授学生的经过，很是感慨。

当年生物所动物研究室分为两个组，每组有四人：两栖爬行动物组，其中有叶昌媛；另一组是兽类组，其中有费梁。但是一年后，所里进行人事调整，两栖爬行动物组二人和兽类组三人被调到生物所红原草原站工作。费梁被胡淑琴教授要到了两爬组，并到四川医学院上班。

费梁之所以被胡淑琴教授选中，说起来挺有意思。

我前面写到过，费梁第一次参加野外考察去二郎山时，在兽类组，但他在山上作业时，只要看到两栖爬行动物，也会顺便采回来。费梁之所以关注两栖爬行动物，我想有两个原因，第一是与叶昌媛有关系，那时他和叶昌媛已开始恋爱，叶昌媛在两栖爬行动物组，而且正在二郎山东坡进行野外考察采集标本，他自然而然会关注两栖爬行动物。第二个原因，在我看来也是最重要的原因，就是他的勤奋好学，凡有学习机会，他都不愿意放过。如能帮助他人，他会尽力而为。

他在安放捕鼠夹时，在河沟边发现了蛙蟾或蛇类等，顺便采回，这是举手之劳。然后将标本交给叶昌媛有助她的工作，何乐而不为呢！

叶昌媛在给胡淑琴老师汇报考察情况时，也一并汇报了费梁所采集的标本。胡淑琴教授仔细看了费梁采集的标本和笔记，她发现这个学生做事非常认真，对标本的制作也极为规范，并且善于思考，善于发现。用我们写作上的话来说，很有感觉。她确定这是一棵好苗，于是就把费梁要到了自己手下。

1962年下半年，正逢所里对各研究室、课题组及其人员进行调整，动物室和昆虫室被撤销，兽类组三人调到红原草原站。在胡淑琴教授的要求下，所领导决定将费梁调到两栖爬行动物组工作。黄国英所长对费梁说，现在派你到胡淑琴老师那里工作，要向刘承钊老师和胡淑琴老师两位专家学习，当好他们的助手，要接好他们的班，不仅要在专业上好好学习，还要学习他们的敬业精神。

到胡淑琴教授身边学习工作，费梁当然很高兴，同时又有些忐忑。因为他知道胡淑琴教授是一位非常严格的老师，对自己、对学生都很严格。

曾经有个青年在胡淑琴教授手下工作，某天他在研究室写笔记，门口有人叫他，他站起来就走。他离开后，胡淑琴教授发现他的笔记上有一个字都还没写完，皱起了眉头，觉得这个人做事太慌张，不适合搞研究。后来就调离了他。日后的工作中，胡淑琴教授还多次讲到这个例子。她说搞科研的人，一定要沉得住气，不能急躁。

难怪胡淑琴教授看上了费梁。费梁的字，至今都是一笔一画的，丝毫没有马虎潦草的迹象。看到费老师的字我会想起我父亲，父亲写字也是一笔一画的，从来不写草字。他们都是在工作中养成的习惯，我父亲是因为要在图纸上写文字，必须工整；费老师则是要在动物图谱旁写文字，必须工整。

还有一件小事，也可看出胡淑琴教授的严格。

当时做好标本，要测量数据，一个标本要测量20多个数据，如头长、脚长、身长等。量好后所有的数据还要相加，再看总数，用总数比较异同。那时候没有计算器，只能用算盘来加数字。

费梁因为从小在父亲的中药铺里帮忙，学过算盘，用起来一点问题没有。但叶昌媛没有算盘基础，是临时学的，故加的时候老是出错。她着急，就让费梁帮她来加。这一幕被胡老师看到了，胡老师说不行，自己的事必须自己做。叶昌媛只好下功夫学，终于过了算盘的关。

在费梁和叶昌媛的记忆里，胡淑琴教授总是按时上班，坐在她的小办公室里，一坐就是一整天。从来不去闲逛，也不闲聊。旁边就是费梁他们的大办公室，大家在胡淑琴教授的影响下，也是每天埋头伏案，绘图的绘图，整理标本的整理标本。如果有哪一个长时间离开办公室不回，胡淑琴教授就会去追查，他去哪里了？为什么不专心工作？唯一和大家不一样的是，胡淑琴教授身体不好，每天上午十点左右，家里的保姆会送一个鸡蛋过来给她补充营养。

偶尔休息日，胡淑琴教授也会和刘承钊先生一起，邀请费梁、叶昌媛他们去家里做客，给他们做点儿好吃的，和他们喝茶聊天。那个时候的胡淑琴教授，就是一个温和亲切的主妇。

费梁和叶昌媛，很庆幸能跟着胡淑琴这样专家级的老师学习。

在胡淑琴教授的严格要求下，费梁和叶昌媛都养成了认真的工作态度，严谨的科研作风。

尤其是费梁，那种仔细认真，非一般人能比。

连叶老师也忍不住在我面前夸赞丈夫。她说，他这个人真的特别能吃苦，做事非常仔细、耐心。考察期间做的笔记拿回来给胡淑琴教授看，胡淑琴教授每次都很满意，都要表扬他。考察中给胡淑琴教授写的汇报信，好几页，每封都像一篇调研文章那么丰富翔实。这一点我不如他。

我想，费老师的这种工作态度，就是一个真正的科学家的态度。

在这样年复一年的工作中，他们慢慢体会到了前辈是怎样工作的，明白了他们所从事的工作的目的是什么，也逐步了解到了这个学科在中国是什么状况，在国外是什么状况，他们肩上的担子有多重。一句话，他们在工作中成长、成熟，有了事业心和使命感。

那个时候，刘承钊先生担任院长，行政任务很重，依然抽空参加野外考察。这种事业心和责任感，给费梁他们做出了很好的榜样。

费老师说，他看到刘老师那么忙还放不下两栖考察，心里

便有了一个很纯朴的念头，就是努力把工作担当起来，为刘老

师减轻一些压力。

二十九

一般来说，两栖动物多生存于保持着原生态的地方，即人迹罕至的地方。所以野外考察是一项艰苦的、危险的工作。

1973年8月，费梁随中国科学院综合考察队到西藏考察，那就更加艰苦和危险了。

考察队的交通工具，是青海生物所的一辆解放牌敞篷大卡车，而他们的食宿地，也是这辆敞篷大卡车。大卡车就是他们的"房车"。白天卡车把他们运到考察地点，晚上他们就打开铺盖卷在卡车车厢里或在附近搭帐篷睡觉。一个炊事员随队为他们做饭，因为方圆几百里，既找不到饭店，也找不到任何购买粮食、蔬菜的地方。偶尔能找到避风雨的房子，比如学校、部队，他们就把铺盖搬下来，这样会比车上睡得舒服一点。

他们来到昌都八宿。那里的平均海拔是4200米。有一天，费梁和同伴带着干粮和水，攀爬到4700米的山上，意外发现了两处冰川湖。他们连忙跑到湖边，惊喜地发现了一群蝌蚪。有蝌蚪就证明有蛙。这是第一次在海拔如此高的地方发现两栖动物物种。

费梁和同伴兴奋得不行，立即着手开始寻找。不是小蝌蚪找妈妈，是科学家找小蝌蚪的妈妈。当然费老师说的不是找小蝌蚪的妈妈，是说找蝌蚪的"成体"。成体这个词，我也是第一次听说。

费梁的同伴之一，是青海生物所的黄永昭，那是他们第一次一起出去考察。黄永昭先生毕业于四川大学生物系动物学专业，在青海生物所从事哺乳动物研究。当时青海生物所在鸟、兽、虫、鱼方面均有研究人员，唯缺两栖爬行动物研究人员。故1973年他们所组队赴西藏考察时，为填补其空白，就邀请了四川省生物所包括费梁在内的5位两栖爬行动物研究人员参加。

在西藏考察的半年时间里，黄永昭放弃了哺乳动物研究，全程跟随费梁，实地学习两栖爬行动物的采集、鉴定和标本制作方法。他们两人一个谦虚好学，一个耐心传授，相处很好。那次之后，黄永昭转入两栖爬行动物学研究，又两次进藏考察西藏的两栖爬行动物。1987年，在费梁的建议下，黄永昭先生也参加了西藏两栖爬行动物的研究和总结，并在胡淑琴老师的主持下共同完成出版了《西藏两栖爬行动物》一书。再后来费梁主持编写《中国动物志·两栖纲》时，又邀请黄永昭先生参与合作，共同完成和出版这部巨著。事业上的共同追求，学术上的真诚合作，使他们成为好朋友，一直到现在。

再回头说西藏考察。由于两栖动物大多是夜行性生物，白天都藏在很隐蔽的地方，不易发现，必须翻开石头才能找到它们。费梁和黄永昭等3人便开始在湖边翻石头。虽然当时还是壮年，但在海拔4700米的德姆拉山上翻石头可不是一般人能干的，比在平原翻石头要多耗费几倍的力气，由于缺氧，头感觉疼痛和昏眩，眼睛发黑。

费梁说，我只好坐下来，耐心地慢慢地翻，翻完一处，挪动一个位置，继续翻石头。找完这个湖，再去另一个湖。两个湖相距不过几十米，垂直高度不过二十多米，虽然向上走得很慢，走上去也是上气不接下气。

我完全能够想象，我也曾这样大喘气过。在西藏。

我着急地问，找到了吗？

费老师说，找到了！

在翻了上千块的大小石头，耗时约3个小时后，他们终于找到了小蝌蚪的妈妈——西藏齿突蟾。这种两栖动物能在这样高的海拔，这种严寒的环境中生存，并在终年积雪的雪山下面的冰川湖内繁衍，可见其生存能力之强。它是两栖动物中分布最高的物种。这一发现也是两栖动物学科领域里的重大收获。

哪知就在他们兴高采烈地返回时，出了车祸。

70年代，西藏的公路路面凹凸不平，路基松散而又狭窄。在从德姆拉山到八宿的路上，他们的车在颠簸中不慎冲出了路基。所幸，除炊事员的头部将挡风玻璃碰得粉碎而负伤外，其他人没有大碍。

那次的藏地考察长达半年，他们去到了西藏的拉萨、林芝（包括下辖的波密、米林、察隅）、昌都（包括下辖的八宿、江达以及岗托），还有四川的甘孜藏族自治州（包括下辖的德格、道孚、炉霍、康定、泸定）、眉山市、峨眉山市……行程上万公里，共采集到两栖动物1500多号，其中有5个新种。

费梁说，那次进藏考察，他遭遇了两次车祸，两次都有惊无险，化险为夷。虽然吃不好，睡不好，但找到了标本，躲过了危险，从这个角度说，也算是有福之人了。

我认真看了资料，发现从1961年大学毕业开始，到2015年的50多年时间里，费梁野外考察多达73次，叶昌媛也多达31次（作为女性已是非常不易。我特别注意到，叶昌媛是在90年代后比较多地参加野外考察，我想那是因为孩子大了，她可以走出去了）。

除去"文革"中停止的3年，费梁几乎年年出野外考察，每次都在两个月以上。他的实验室不仅在实验大楼里，更在辽阔的山川河流中。野外工作和室内不同，随时可能发生危险。但费老师说，我还算幸运，没有受过重伤，但皮肤被擦伤、碰伤、刮伤的情况，或者被蚂蟥叮伤，都是常有的事，经常鲜血直流。我们都随时带着红药水、碘酒和胶布。

在费老师的记忆里，除西藏外，他还在海南岛遭遇过两次危险。一次是在琼中县五指山，他在一个瀑布上方工作，看到溪流对岸的环境很好，就想过去考察。可是溪水深过腰部，流速又快，涉水过去有危险，但绕行过去的话要多走很多路，他就想跳过去。当他跳到对岸时，却因踩到岸上的苔藓滑倒了，跌入了山溪中，被急流冲下10米左右，再有10米就是瀑布悬崖了，幸好他抱住了一块大石头，否则冲下近20米高的悬崖，后果不堪设想。真是命大，只是腿上受了一点擦伤。另一次是在陵水吊罗山，出外时天气多云间晴。不料下午3点突然暴雨倾盆，他和两位同事穿上雨衣、头顶草帽在大树下避雨。此时气温高达40多摄氏度，他们穿着雨衣就像在蒸笼里一样，汗如雨下。暴雨持续了40分钟，他们的衣裤全被雨水和汗水湿透，难受至极。眼看已近黄昏了，他们必须赶紧返回驻地。由于暴雨，河水猛涨，他们也等不到河水消退了，只得3人抱团涉水，相互搀扶着过河。当时他体质瘦弱，走到河流中间时一下子被急流冲倒了。幸好他们的向导一把拽住他，才使他幸免于难。

就这样一次次千辛万苦地野外考察，费梁的足迹踏遍了中国20多个省（自治区、直辖市），坚持了50余年，可谓"踏遍青山人未老"。有意思的是，他考察过的许多曾经荒无人烟的地方，后来都成了旅游点。有一天我在电梯里看到一幅旅游广告，是贵州梵净山，我马上就想起了费老师，费老师去那里考察过，当时艰苦得不得了。从图上看，梵净山很陡峭。真是无限风光在险峰。

费老师踏遍青山，参加采集的两栖爬行动物标本多达三四万号，并收集了大量生态学和地理分布资料。这些资料为他和他的同事的研究工作提供了素材，并为论文和专著撰写积累了丰富的第一手资料。

当我对他千辛万苦走到一个点一个点去考察感到不解时，费老师总是会说，两栖动物特殊，有些物种只在某个区域有，甚至只在某条沟里有，你不走到那儿就发现不了。而且，即使是同一个种，也要对比它们在不同环境里的生存状况。比如，在横断山区、三江流域以及峨眉山等四川西部山区，角蟾类的牙齿和听觉器官的鼓膜均很发达，然而到了青藏高原、贡嘎山顶等高海拔地区，角蟾类牙齿便开始退化、咽鼓管口也渐渐变小。参考各类动物的骨骼和化石资料，我们认为，高海拔角蟾类在喜马拉雅造山运动前就已经形成，而随着板块隆升，角蟾类动物随着青藏高原的向上抬升，它们的牙齿和听觉器官便渐渐退化了。

像这样的研究成果，不进行大量的细致的考察是不行的。

我们最初的任务，是要把"家底"搞清楚，中国到底有多少两栖动物物种，做好分类和区系。这个工作欧洲100多年前就做了。我们建立该学科很晚，只能从基础做起，所以必须抓紧时间。等基础打好了，才能深入研究，扩大研究内容。所以要做的工作很多。

在费梁及其团队和全国同行的共同艰辛努力下，我国从1977年所记录的204个物种，到上世纪90年代记录的302个物种，到2009年记录的370个物种，到2016年已达到450个物种。

单是费梁夫妇发表的新种就有70种左右。每一个种，都是靠他们的双脚和双手千辛万苦得来的。每一个种，都要经历采集、解剖、制作、绘制、记录、研究整理、发表等多个步骤才能完成。这凝聚着多少汗水和心血！

第六章　踏遍青山

Chapter Six

三十

从采访费梁、叶昌媛两位老师开始，我就一直有个愿望，即和他们一起去野外考察，看看他们的工作状态，体验一下科学家的艰辛。但野外考察要根据两栖动物的生活习性来决定，天气太冷不行，于是从1月等到4月，最后定在了4月下旬。

我听费老师说，两爬室主任江建平，正好要去峨眉山看一个所里的监测点，我们一起去就可以了。江主任也曾是费老师的学生，虽然现在是领导了，还是继续在搞研究。他对费老师很尊重，前面说到的费老师的办公室以及标本、显微镜等，就是他帮助提供的。

大家都是忙人，费老师放下了手上的工作，我也婉拒了一个会议，江建平主任也腾出了时间，排除各种干扰，终于把日子定在了4月26日。

可是没想到出发的时候又出问题了，先是江建平主任因工作需要临时去西藏了，然后是老天爷不配合下起了雨。但最终，在费老师的坚持下，我们还是按计划出发了。

陪同费老师和我一起去的，改为谢锋老师。谢锋老师虽然是1968年生人，但也早已是两栖领域的骨干了。他早年是费老师的硕士生和博士生，目前是两爬室的研究员，博士生导师。

出发前，25日晚上，成都一直在下雨。我用手机查了一下峨眉山的天气，更是春雨绵绵，连续三天都是雨，而且山顶气温只有0℃。我一下子很纠结，我想江主任不能去了，工作性质有所改变，这次峨眉山之行主要是为我提供便利采访费老师。费老师年逾八十，这么不好的天气，万一滑倒，或者感冒，那才糟糕。于是我又发短信给生物所办公室的张轶佳，他一直在做联络员。我说明天这天气行吗？费老师那么大年纪行吗？小张过了十几分钟回复我，说问了费老师和谢老师，没问题，按计划走。让我带上厚衣服和雨具即可。

我连忙翻箱倒柜找出我的冲锋衣，又加了件毛衣，找了顶帽子，还找了把手电筒。算是做好充分准备了吧。

第二天一早，我们一行4人（含司机师傅），乘坐一辆商务车，冒雨前往峨眉山。费老师就穿了件蓝色抓绒衣，显得很精神。费老师说，叶老师最近身体又不太好，今天还要去医院验血，所以不能和我们一起去了。我说，当然不要让她去，她太需要休息了。谢锋倒不这么认为，他说不如带上叶老师，让她去山上呼吸下新鲜空气。费老师说，她在吃中药，不方便。

谢锋从读硕士开始就跟着费老师了，一直到博士毕业。而且他的年龄也跟费老师的儿子一样大，所以他对费老师，完全是晚辈对长辈的态度，很尊重，也很亲切随意。

路上，我问了两位科学家一个问题，就是青蛙和蟾蜍（俗称癞蛤蟆）有什么区别。以前我认为，青蛙是绿色的，癞蛤蟆是土色的，但看了很多标本后我发现，青蛙也有很多是土色的。那它们最根本的区别是什么呢？总不会是颜值吧？因为蟾蜍的体表有很多疙瘩，据说内有毒腺。

准确地说，蟾蜍是蛙类的一种。所有的蟾蜍都是蛙，但不是所有的蛙都是蟾蜍。二者的区别从蝌蚪开始就有了，青蛙的蝌蚪颜色浅，尾巴长，蟾蜍反之。再或者说，从卵就开始有区别了，青蛙的卵堆成块状，蟾蜍的卵排成串状。

费老师说，其实它们外表上的差异是次要的，最主要区别在骨骼上。它们的骨骼构造不同。青蛙是固胸型，蟾蜍是弧胸型。

费老师说得很专业。谢锋看我不太明白，就用通俗的语言解释说，当需要用力时，青蛙的左右胸骨因为是固定的，可以用力，而蟾蜍的左右胸骨没有固定，可以滑动，但无法用力。所以青蛙可以远距离跳跃，蟾蜍只能爬行，要跳也只能是小跳。

原来如此。真是太有意思了。

其实癞蛤蟆样子虽然难看，但也是对人类很有用的。除了和青蛙一样是捕虫高手外，它体内含有的蟾蜍毒素等多种化学物质，都是很有疗效的药物，耳后腺所分泌的白色浆液是中药里著名的蟾酥。同时它的毒液也可以保护自己，猫、狗、黄鼠狼等，碰到它的分泌物都会中毒。

车子出城，驶上高速路，车不多，路通畅。路两边的植被也很不错，茂密葱郁。

我问，现在出去考察，已经比过去条件好很多了吧?

费老师说，那肯定的，没法比，好太多了。

我说，过去是坐解放牌大卡车去考察吗?

费老师说，最早连大卡车都没有。上世纪六七十年代我们出去考察，是先坐公交车到火车站，到了省城，再转长途车到县城，再往下，连长途汽车都没有了，就坐马车牛车，没有马车牛车，就完全靠一双脚走，并请政府帮助请挑夫搬运行李、仪器、标本和采集工具等，十多件物品常常需要8～10个人帮忙运输。

去之前，我们先根据中国地形选点，选代表性的点。比如贵州，就看它有名的山区，东南、西南选几个县来考察。高海拔、中海拔和低海拔都要兼顾选点。那时候不要说导航，连地图都很少，先到图书馆借地图册，在家里画好地图，有时候也找当地政府借地图。那个时候完全依靠各级政府，凭着介绍信，先向县政府了解，县政府再开介绍信到区或乡里。一层层往下转。向他们了解情况，哪里的蛙类丰富。

交通之外，住宿也很艰苦，一般到当地小学搭铺。教室白天用来给孩子们上课，晚上让我们铺床睡觉。幸好考察多在春夏，除了西藏，大部分地区已经暖和了，自己带铺盖，有十几件行李就行。

中国有句老话，"穷家富路"，意思是家里可以省一点，出门还是要宽裕些。但他们却无法做到，由于经费少，他们每次出门都穷到极点，很少住旅馆，自带铺盖卷，自己解决一日三餐。我曾看到一张老照片，那是费梁在贵州梵净山考察的情景，他们几个人一起站在一个窝棚边做饭。那是农民种地搭的简易窝棚，已经坍塌，上面覆盖着塑料布。费老师说，那对他们来说，已经算得上"星级宾馆"了，有时候连个遮风挡雨的地方都没有。另有一次在西藏波密，他和一位同事在一顶仅能睡两人的小帐篷（只有1米高）内，靠一床毛毯和一件皮大衣露营了10天。

而且那些日子时断时续下着小雨，等他们离开的时候，撤去帐篷扯掉毛毯，发现他俩的体温把地面烘干了一大块，其余地方还是湿漉漉的。

这让我想起了西藏边防的一个连队，战士们的被子永远是湿漉漉的，也是每天靠着青春的躯体烘干。一旦出太阳，就是大喜的日子，全连晒被子。

所谓艰苦生活，是由常人无法想象的点点滴滴组成的。

外出是为了工作，再艰苦都必须坚持。费老师说，现在可以住宾馆，出门简单多了，不用带行李了。我们一直到90年代，才可以不带行李的。

我转头问谢老师，你开始参加工作野外考察时，已经是90

年代了吧？条件已经好多了吧？

　　谢老师说，跟现在比，当然还是艰苦，但和费老师他们比，那好到哪儿去了都不知道。

　　谢锋第一次野外考察，就是上峨眉山。那是1993年。那个时候交通已好了很多，不用反复周转，坐汽车就直接到了峨眉山。但没有宾馆，江建平与他一起借住在农民家。那家农民把家里最好的一间房子，即儿子结婚的新房借给他们住。但是吃就跟不上了，每天都吃煮土豆。而且一煮一大锅，每顿都吃，到后来几顿，土豆都馊了。可是看到人家农民照吃，他们也只能跟着一起吃。

　　为什么一顿煮那么多？我问。谢锋说不知道，没好意思问。我猜，也许是为了省柴火？

　　谢锋说，考察完下山后，我们做的第一件事就是到餐馆里，点了一份回锅肉来吃，解解馋。

　　不过第一次就发现了新种峨眉林蛙，让他们觉得辛苦也很值得。

　　说到在野外的吃饭问题，费老师又想起了往昔。上世纪60年代，费梁刚刚参加工作，就赶上粮食匮乏的饥荒年月。野外考察时，带着每天1斤粮食的定量，没有副食品和蔬菜。每天就只能用篝火煮饭，用辣椒和盐巴下饭。可是工作量大，每天徒步上山，一走几十里，工作完了下山，一走又是几十里。饿得他和同事们前胸贴后背，走着走着就虚脱了。终于有一次，大家逮住几只老鼠，掺进野菜包了一顿饺子，总算沾了点肉味，大家高兴得像过年一样。

这样的日子，终于一去不复返了。

回忆往事，费老师忽然想起了一件事。

1981年5月，他去大凉山考察。住在一个道班里，并与道班工人搭铺睡觉。有一天在山上，看到一根朽了的大树桩，就想看看下面有没有蛙。没想到他去搬的时候，树桩很重，他用力过猛，拔断的树桩和人一起仰面朝天摔倒，腰被严重扭伤。他艰难地爬起来，勉强回到道班就不能动了，坐下后没有人帮助就站不起来。在那种偏僻的地方，根本没有医院，连赤脚医生也很难找到。搭铺的那位道班工人看到了，马上上山去为他采草药，回来后捣碎，再调上白酒，敷在他的腰上，再撕开一条破裤子给他缠裹住。敷了三天后，腰疼就缓解了，可以继续工作了。

费老师特别感谢那位道班工人，一直对他念念不忘。第二次去那里考察时，就特意带了两瓶酒，想去谢谢那位道班工人，不料那位工人已经离开了，去了别的地方。按旁人告知的地址找到新地方，他还是不在。但遇见了他的班长，只好把两瓶酒交给班长，表达了他的感激之情。一直到今天，费老师都忘不了他，很感激他。

野外考察，受伤是常事吧？我问。

费老师说，是的，所以我们都自己带着药材，红药水、碘酒、纱布、胶布等等，有了伤就先自己处理，包扎一下。

就是那一次，费老师发现了原鲵，是在普雄彝族同胞一个废弃的土豆窖里发现的。当时它被当作了"娃娃鱼"。是费老师火眼金睛，立即判断出这不是普通的娃娃鱼，后经过仔细认证，最终被确认为原鲵。到目前为止，原鲵是四川普雄特有的一个单独的属，而这个属下面，又只有普雄原鲵这一个种。故非常稀缺。后来他们又多次前往普雄，但再也没发现过。直到2010年国家林业局调查珍稀濒危野生动物，才在当地找到4条原鲵。

三十一

聊着天，很快就到了峨眉山。时间竟然已经接近12点了。谢锋提出，我们在山下吃了饭再上山。

山上的饭菜太贵了。他说。

这话让我听着顺耳，到底是科学家，我想。我对这种实事求是认真过日子的行为特别认可。我们停车进了一家萝卜汤饭店，物美价廉，吃得很可口。

雨依然在下。车子进入了郁郁葱葱的峨眉山。进山门时，我发现我犯了一个错误，没带我的军官证。峨眉山的门票已经涨到180元一张了，费老师有老年卡，可以免票，我本来也可以省下这180元的，出来的时候完全没意识到是去风景区，总觉得是去山里考察，就没带军官证。

峨眉山是他们经常要来的地方，这里还有他们的监测点。我问，你们每次来都要买门票吗？

谢锋说，也可以从所里开一封介绍信，然后再拿到峨眉山管理区换一封介绍信，但手续很麻烦。如果人多就麻烦一下，今天人少，就算了。

于是我们以游客的身份，进入景区，驱车直接前往第一个考察点清音阁。费老师指着路对面的山说，我们最早来的时候没有路，就是从对面那条小路徒步上山的。

很多景区，峨眉山之外，比如光雾山、九寨沟，还有湖南的张家界等，在费老师他们进入考察的时候，都还不是景区，这些年都陆续成为景区了。我开玩笑说，您把好多荒山野岭都考察成景区了。

费老师说，说起景区，那九寨沟，真的就是我们所的老所长刘照光先生保护下来的。喏，就是给我们开车的余师傅的岳父。

我大吃一惊，原来余师傅是所长的女婿。

余师傅笑笑，什么也没说。费老师说，刘所长是个非常好的领导，廉洁自律。他家里的孩子没有一个是靠他找工作或享福的，都是做着普通人的工作，过着普通人的日子。

我很感慨。回来后查了一下这段历史，知道了此事的来龙去脉，在此讲述一下，不应忘记这些科学家。

原来，上世纪60年代末，就有人发现九寨沟的原始森林了。但在那个时代，以那时的思维，认为有大树就应该砍伐。于是近千人的伐木大军携带着油锯、开着重型运输机，先后进驻了九寨沟并成立了林场。每年有10万棵大树被砍伐。

成都生物所的几位植物学家，曾3次进入九寨沟进行调查。

眼看着大规模的采伐把原始森林破坏得一塌糊涂，科学家们忧心忡忡，一次次地向有关部门汇报情况，一次次地呼吁立即停止砍伐，建立自然保护区。1975年，时任中国农林科学院森林工业研究所负责人吴中伦到九寨沟考察伐木情况，却被九寨沟的美景震惊了，就向四川省政府建议将九寨沟保护起来。但在那个年代，科学家们的声音显得那么微弱，一次次被无知和蛮干所淹没。九寨沟满目疮痍，诺日朗瀑布、五彩池附近的森林已基本被砍伐光。由于失去森林庇护，长海、五彩池等海子的水位急剧下降，108个海子中已有三分之一干涸。

1978年，科学家们第三次考察回来，实在是太心痛了。当地的羌族同胞也一再呼吁保护九寨沟。他们就向时任成都生物所植物研究室主任刘照光先生做了汇报，刘照光主任听了很忧心。在他的支持下，其中一位科学家印开蒲先生，撰写了一份关于建议在四川建立几个自然保护区的报告，报告中建议将九寨沟列为第二个急需建立的保护区（第一个是红军长征经过的诺尔盖草原）。不料报告出来后，竟受到一些领导的批评，还给他们扣了帽子，说他们否定了四川林业战线的伟大成就。

但刘照光先生顶住压力，决意将此报告递交上去。印开蒲便找到同事马建生，请她将报告转交给她父亲，即当年中科院成都分院党组书记兼副院长马识途先生。马识途先生顶着压力，亲自将该报告送到北京的中国科学院，并向方毅院长做了口头汇报。中科院非常重视，立即转送给农林部。

之后，经过多方呼吁，又经历了很多周折和努力，经过农林部林业总局保护司、中国科学院成都生物所和四川省林业局等部门的共同努力，终于在1978年12月，国务院下发了文件，正式批准建立九寨沟等4个自然保护区。

保护区建立后，九寨沟的名声越来越大，成为第一批国家级重点风景名胜区，并被列入联合国《世界风景名录》。1992年12月，又由联合国教科文组织批准，正式列入《世界自然遗产名录》。

我去过九寨沟两次，一次夏天，一次冬天，每次都被它的美景所震撼。但我从来不知道它还有这样一段经历，还有这么多的人曾为它呼吁，为它奔走，为它付出。在此，向每一位有责任心的科学家、每一位有远见卓识的领导致敬。

说完九寨沟，我们再回头说峨眉山。

三十二

我们冒雨到了清音阁。为保护景区，汽车不能再上山，只能停在清音阁的停车场。雨越发大了，但那么大雨，也挡不住游人，停车场一位难求。我们转了两圈儿才把车停下。

停车费一夜50元，还好。

我走路应该还算可以的。但由于下雨，增加了一些困难。下车后，骤然感觉气温比山下低了很多，厚厚的冲锋衣一点儿也不觉得厚了。我扣好衣服，戴上帽子，背上背囊，一副要登山的样子。

再看费老师，却没有穿冲锋衣，就是一件抓绒，还撑开一把伞，好像散步似的。唯一不同的是，他提了一个塑料袋，塑料袋里是一双现在很少见的高筒雨靴。

费老师见我没带伞，坚持要为我买雨披，我一再说我这件衣服是防雨的，他还是买了，是旅游者通常会买的那种简易雨衣。后来才发现，那件雨衣很顶用，不是身上，而是保护了我的背囊和脑袋，不然就全部被淋湿了。谢锋拿了一根他们野外考察专用的捕捞杆，可以收缩起来当拐杖用的，费老师则带了根竹竿，他一定要拿给我。我不肯。我哪能让一个81岁的人把竹竿让给我。为了让费老师安心，我也打算买一根竹竿，结果让谢老师抢了先，给我买了一根。竹竿拿在手上，我感觉自己立即像一名登山队员了。

　　我们就冒雨往山里走，走了大约半小时的样子，找到一家民宿店，登记了房间后，继续上山。

　　说起来，我也是爬过几次山的，我说的爬山，不是坐车上去或者乘缆车上去，而是实实在在的徒步。华山，黄山以及不太有名的一些山。次数最多的是青城山。我自我感觉还行。但这一次，我一下觉得自己很差劲，当我小心翼翼地走在山路上，害怕摔倒，害怕被雨淋湿的时候，我眼见着身边81岁的费老师大步流星地超过我，走到前面去了。我用"大步流星"这个词丝毫没有夸张。他的步态轻松自如，让人无法相信他的年龄。而且他还穿着那双高筒雨靴。我忍不住冒雨掏出手机，追上去给他拍了两张。我猜想那条山路上没有比他年纪更大的人了。

　　我忍不住夸赞，费老师您太厉害了，走那么快。

　　费老师淡淡一笑说，我走路还可以。

　　费老师不但走得快，还耳听六路、眼观八方。听见有蛙声，他立即停下脚步。我问，是什么蛙？他和谢老师异口同声地说，这是峨眉角蟾的叫声。峨眉角蟾和胡子蛙（峨眉髭蟾），都是刘承钊老师发现的新种。胡子蛙并不是真的长了胡子，费老师给我解释说，是雄性蛙的上颌缘有十几根刺，看上去像胡子，就俗称胡子蛙。峨眉髭蟾和峨眉角蟾的名字，都是刘承钊老师命名的。

山路旁出现一条溪流，费老师和谢锋老师毫不犹豫地下到溪流里去观察。我也跟了上去。谢老师踩着石头走到了溪流中间，俯下身去一一查看。我拿出手机拍，但是雨太大了，手机湿了，我赶紧装进衣服口袋，手机可不像我们这么经折腾。

费老师给我讲解，峨眉山的胡子蛙，是先产卵在石块底面，然后才变成蝌蚪的。又说，蛙类是夜行性动物，白天很难见到。他们每次出来考察，都是白天先上山观察、踩点，晚上再出来采标本。不是在水里采标本，而是岸边或山上。因为蛙到了成年，多数都栖于岸边或山上，只有幼体（蝌蚪）才在水里。

我说，是不是水流太急，它们无法生存？

费老师说，也有一种蛙的蝌蚪，水流再大再急，也冲不走，因为它们的腹部有一个大吸盘，可以吸附在石头上。所以被称为湍蛙。

太有意思了，湍蛙。我赞叹。

不过有一次，费老师说，我去瀑布后面的石头缝里摸湍蛙时，差点儿被大水冲走，水里青苔很滑，我脚底一哧溜，人倒栽入水中，被冲出几米才被一块石头挡住。

我说，您也像湍蛙一样。

费老师笑了。

回来翻书，得知吸盘是动物的吸附器官，中间有些凹陷，具有运动的功能。蚂蟥也有吸盘。还得知，湍蛙也有好几种，除了四川湍蛙，还有华南湍蛙、崇安湍蛙、武夷湍蛙，其中武夷湍蛙还有香气。难得。它们大多生活在有山有水的地方。

关于湍蛙，还有一个小故事。1985年初夏，在四川巴中五凤乡的王家湾，突然出现了成群结队的青蛙。它们从河里爬出来，整齐地分成两列纵队，向附近的高山进发。整个迁徙的青蛙有几十万只，很是壮观。周围的老百姓都跑来围观，还大声议论，但丝毫也不影响这些蛙的行动。成都生物所得知后，专门派人去考察拍摄，并且捕捉了一些标本。经研究确认，是一种小型湍蛙，平日里它们栖息在密林深处，当交配季节来临时，为了寻找合适的气温和充沛的水源，就集群迁徙。

问起费老师此事，费老师说，他当时不在，是其他同志去的。我们又走了一段山路后，两位科学家再次进入一条溪流。这条溪流比刚才那条要大些。费老师踏进河里，弯腰去搬石头，看石头下有没有蝌蚪，我真怕他摔倒，但他站得很稳。我又忍不住拿出手机来冒雨拍摄。一位81岁的老科学家，在山上作业。

而且，我注意到，费老师的脸上，始终挂着愉快的表情，好像不是来考察，而是到山里来看亲戚，看朋友。尤其听到蛙鸣，眼里立即浮现出笑意。我想起在书里看到的一段话，瑞典博物学家卡罗勒斯·林奈在其著作《自然系统》中这样描绘两栖动物："这是一些污秽的动物……它们具有冰冷的身体、暗淡的体色、软骨的骨架、不停转动的眼睛、难闻的气味、刺耳的叫声、肮脏的栖居地以及可怕的毒液……因而造物主没有尽力去造出太多的这种动物……"但是在费老师眼里，它们却可爱至极："它们是大自然的朋友，帮助人类清理害虫、平衡生态、指示环境。"

谢老师忽然从水里捧起什么叫我看，我走过去，看见了几只棕黑色的蝌蚪，要在以往，我是丝毫不会注意它们的，现在却觉得很亲切。谢老师告诉我，这是峨眉角蟾的幼体，头部前端有一个漏斗状的口部。通俗地说，就是蛤蟆的蝌蚪。蛤蟆也是有多种多样的，峨眉角蟾是其中一种。

我真是惊奇不已，从叫声判断蛙类尚可理解，怎么能从蝌蚪看出长大后的样子呢？在我看来它们完全一样呀。两位科学家笑笑，觉得我这个问题没必要答复，或者，答复起来太烦琐。

我们继续上山。雨丝毫没有减小的意思，大约走了3公里后，费老师说，算了，我们回去吧，前面就是观猴区了，反正我们也不打算看猴子，我们只看青蛙、癞蛤蟆。

返回到清音阁时，游人很多。费老师忽然提出，要从寺庙后面绕过去，去另一条他们曾经采过标本的河边看看。费老师对我说，要不你先回房间去休息吧，我们俩去就可以了。我说，不，我还是跟你们一起去。

我感觉自己的体力能坚持，不希望自己半途而废。于是我们躲开游人，从寺庙背后绕过去。爬上台阶，再走下台阶。

寺庙后面的路因为无人行走，石阶发亮，很滑。我们绕过去，往坡下走。路过一个农家，静悄悄的，一个人影也没有。这一路上，看到很多这样的农家。有时我会想，如果我住在这儿，会觉得寂寞吗？

听见水声了，我们穿过草坡往河边走。雨还在下，最有渗透力的不是头上的雨，而是脚下的雨。它们本来默默地躺在草叶上，被我们一碰，全部倾洒到鞋子上，奉献给我们了。我立即感觉到自己的脚指头凉丝丝的，也顾不上那么多了。我想，只要不跌倒就好，我可就这么一条牛仔裤。我的竹竿此时显得很顶用。

我又忍不住拿出手机，拍了走在前面的谢老师，又回头，拍走在后面的费老师。这个时候，就看出费老师雨靴的重要性了。

终于走到河边，河水比前面两条都湍急多了。果然看到了很多很多蝌蚪，密密麻麻的，在清澈的水里浮游。看到那么多蝌蚪，我感觉自己也没白来。

费老师说，这是中华蟾蜍，是一种比较多见的南北方都有的蟾蜍。我再次掏出手机拍照，拍两位科学家冒雨在河里观察蝌蚪，也拍被观察的自由自在的蝌蚪。接着我们就返回了客栈。

吃晚饭时费老师还在说，如果天黑后雨停了，我们再上山，到今天听见蛙鸣的地方去看看。我心里有点儿打鼓。白天走都很恼火，晚上去能行吗？

晚饭后，大雨持续，费老师终于放弃了再上山的想法。我有点儿暗自庆幸。因为如果他俩去的话，我又不甘心在房间等，大家都不去，我比较心安。我感觉浑身潮湿，恨不能把自己放到烘干机里烘烘。我想起费老师说的，他们野外作业经常在很潮湿的地方住宿。屋子里都生青苔，晚上睡觉，只好把脱下来的衣服放在被子里，不然的话，第二天起来衣服就是湿的。艰苦生活真的不是一句话那么简单。

回到房间，发现空调是坏的，既不制热也不吹风。我把雨衣挂到阳台，再把小包和帽子挂到浴室，打开灯晾晒，再把牛仔裤铺到床上，用电热毯烤，再从客栈借来一个专门烤鞋的小电器，烤鞋。

说起来我的这双运动鞋也是劳苦功高的，2008年汶川大地震时，我一直穿着它在灾区采访，走了两个月居然没走烂。关键是，很好穿，脚也没有发生问题。但这次登山发现，还是有缺点，防滑防水都不够好。但对我来说，需要防滑防水的概率很小。烘鞋器真是顶用，半个小时就把鞋烤干了，我连忙拿给谢锋老师，我知道他的鞋也湿透了。虽然他的鞋比我的更好，但架不住雨太大，只有费老师的雨靴没事。

这个时候我发现一个新问题，我的手机无法充电了，而且显示屏不停地闪动。我马上意识到是进水了，我曾经因为进水毁掉过一个手机。我一下很紧张，如果手机出问题可是太糟糕了。我先拿出纸和笔记下这两天必须联系的人的电话，然后再微信告诉丈夫我手机无法充电了，让他有个失联的思想准备。现在的手机就是个小电脑，比钱包重要多了，除了通信联络，我还要用它录音、拍照、购物、看书、听书、玩游戏、发邮件、导航等等。

我曾经看到一个窍门，手机进水用锅干蒸（不放水）。此刻没条件，幸好有电热毯，我把手机放到电热毯上，再蒙上被子。希望把里面的水烤干。大约一个小时后，我再充电，终于可以充了。我又继续烤，确保里面的水得以彻底清除。到第二天早上，完全好了，我松了口气。

三十三

第二天见好的，除了我的手机，还有老天爷。

天放晴了。我们心情大好，不下雨，登山考察更方便。显然老天爷觉得，我们已经被淋得差不多了，比计划提前一天放晴。

在客栈吃了碗咸菜肉丝面就出发。其实一根肉丝没有，就是一碗放足了味精的咸菜挂面，但在这山里头，就不能要求什么了。就这面，也不便宜呢。

我们离开客栈，步行到停车场，坐车前往零公里。我一路打开车窗拍照，蓝天白云，青山绿水，漂亮极了。我问费老师，你肯定对这些景色熟视无睹了吧?

之所以这样问，是忽然想到了父亲。我父亲也和费老师一样，为了修铁路一年到头钻山沟。所以父亲对旅游是没有兴趣的。我为此写了篇散文，《山水在父亲眼中》。"山水在父亲眼中经常是障碍，他们要遇山开洞、逢河架桥。"但费老师说，是看得比较多了，有点儿熟视无睹了。不过看到美景，心情还是会很愉快。记得有一次在西藏江达，我们上山，忽然看到山上云雾缭绕，树林在云雾中默默矗立，真的像仙境一样，给我留下了深刻的印象。

我们的车开了四五十分钟，我已经完全不知道身在何处了。虽然来过两次峨眉山，但这一次才体会到峨眉山的大。

费老师专注地看着窗外，似乎在寻找什么。他说，变化太大了，有点儿记不起在哪里了。

我问，找什么？

费老师说，找一个向导的家。

原来，峨眉山太大，即使是费老师他们这样经常来的，如果没有向导，走进山林也会迷路的。所以，从刘承钊先生那一代开始，野外考察就经常需要找向导。费老师说，刘先生考察时，就很依靠当地百姓，仔细询问当地百姓，劳动时见过什么样的蛙，水塘里有哪种，山里有哪种，树林里有哪种。因为他们一年到头在山上，很熟悉。有时他们也会帮忙抓，平时他们是不吃蛙的，也不会去抓。继承了这个传统，进山后总是先告诉老乡，我们是搞科学研究的，是为了保护自然资源、动物资源。老乡们就很帮忙。有的向导，也像刘承钊和费梁他们这样，一代代传承。父亲去世了，儿子再接着干。

我们把车停下，费老师下车去打听向导家。他一家家问，连着问了几家人，其中因为口音问题，我们找错了一家。那些山民朴实热情，还打电话帮费老师去叫人。最后，终于找到了费老师想找的人。

他叫宋吉权，地道的峨眉山山民。我们和费老师一起去他家。远远走过去，看见他和妻子在采茶。他们家房前屋后的山坡上都种着茶叶。采下来的新鲜茶叶50元一斤，制作成竹叶青后可卖几百元一斤。这是我临时问到的情况。

老宋把胸前围兜里的茶叶倒出来，解下围兜，招呼我们在屋檐下坐。我问，就你们俩在家？老宋说，孩子都进城务工了。他接着补充了一句，我们是"空巢老人"。我笑了，安慰他说，我也是呢。年轻人总要出去闯的。

费老师跟老宋结缘，是因为峰斑林蛙。峰斑林蛙是峨眉山特有的一种林蛙，顾名思义，背部有山峰一样的图案。第一次发现峰斑林蛙的日子，费老师记得清清楚楚，那是1965年3月，50多年前的事情了。

1965年3月，年轻的费梁跟着老师刘承钊赴峨眉山考察，他们一行共有5人，除了费梁和刘承钊先生外，还有当时四川医学院的同事江耀明、吴贯夫以及骆队长（向导）。到了龙洞河附近（即向导宋吉权家附近），费梁便和两位同事以及向导一起，徒步从宋家的后面上山了。跋涉了4个半小时，到达了海拔1850米的头道河，他们便在路边的一个浸泡竹子的废弃水池内，发现了峰斑林蛙的成体和卵群。当时他们并不知是什么种，只感觉是林蛙，便采了4只标本。然后继续向上，又走了近4个小时，最后到达簸箕荡（海拔2400米），露宿在临时搭建的竹棚内。3月的峨眉山温度是很低的，冷得他们无法入睡，只得烤了一夜的火，第二天返回报国寺，向刘老师做了汇报。

回到成都后，他们对头道河采到的标本进行了鉴定，该标本被确定为新种，命名为峰斑林蛙。不过一直到1978年，此新种才由胡淑琴老师和费梁、叶昌媛共同发表。

但在那之后，费梁又上峨眉山若干次，却再也没发现峰斑林蛙。到1980年，又上峨眉山去找峰斑林蛙，他带着一个刚刚转业到他们研究室的年轻人一起去的。因为第一次发现是在3月，所以还是在3月上了山。峰斑林蛙是生存在海拔比较高的地方的。海拔越高，气温越低，可是为了等蛙出来，他们不得不在山上过夜。当地人为了种植黄连，在那个地方用竹子搭建了一个草棚。他们就在草棚里避寒，依然冷得无法入睡，只能烤火取暖。但烤火也是前面烤热了后背冷，转过身来烤后背，胸口又冷了。一夜就这么翻来覆去地烤，跟烙饼似的。

费老师说起当年这段往事，我们大家都忍不住笑。

我问，后来采到了吗？费老师说，没有采到蛙，只找到一些蝌蚪。

他们把蝌蚪带回去，想试着把它们养大。峰斑林蛙是喜欢寒冷的，为了适应其生长环境，费老师就将蝌蚪放到冰箱里，但还是没能养活。毕竟，它们是在大自然的荒野地里存活的东西。

正因为如此，费老师他们必须踏遍青山。

三十四

转眼又过去了30多年，费老师依然对峰斑林蛙心心念念，放不下，总想再次采集标本。

2015年3月，全国第二次陆生野生动物资源调查将峰斑林蛙列为调查物种，沈阳师范大学的年轻教授李丕鹏负责此项目，他请四川师范大学侯勉先生与费梁商量，希望再去峨眉山寻找峰斑林蛙。费梁老师没有顾及自己已到高龄，欣然答应与侯勉一道再上峨眉山。而当年带他们上山的向导已经去世了，他们只能找新向导。好在他们当年发现峰斑林蛙的地点有个标志，就是山民们搭的草棚，那是为了种黄连搭建的。于是找到一位当年上山种过黄连的老乡，就是这位宋吉权，老宋同意带他们上山。

谢锋说，每次野外考察，费老师总是和当地老乡打成一片，没有一点儿架子。只有在说到青蛙、蟾蜍时，老乡们才会吃惊地发现，这位看上去那么平凡和蔼的老人，竟如此了解他们身边的动物，甚至了解他们的生活环境。这么多年来，凡费老师去过的野外工作点，当地的向导和老乡都一直跟他保持着联系。

从老宋家出发到山顶，垂直海拔有700米，相当陡峭。3月21日那天，费老师、侯勉和向导老宋一起往上爬，用了4个多小时才爬到山上那个点。上去后他们立即开始寻找，遗憾的是，一直没有找到。也许是还没到繁殖季节的缘故，再也许是因为天太亮。2小时后，他们只好下山了。下山又用了3个多小时。也就是说，那天费老师和侯勉及老宋在密林中步行近10小时。

这样的大强度行走，我肯定是不行的。我估计就是年轻小伙子，也会累趴。但费梁老师竟然走了下来。他的两个大脚趾严重淤血，发紫，最后指甲都脱落了，半年后才重新长出指甲。

我知道，在野外考察中费梁夫妇面临的不只是劳累，还有数不清的危险。在海南的水草里，费梁曾被蚂蟥叮得血流不止；在四川南江县山沟里，叶昌媛曾遭遇泥石流，差点儿被掩埋。

可是费老师总是说，我们的研究对象在大山里、高原上、沼泽边，我们必须到那里去。不但要去，还要一寸寸地寻找，"翻遍"整个中国的湖、塘、池、沼。白天探测环境，晚上去和蛙、螈相遇。

在费梁这里，科学精神不是一句口号，而是一次又一次实实在在的行走。不过当我对费老师近80岁依然能徒步10小时赞叹不已时，费老师依然淡淡地说，我走路还可以。

我们与老宋告别，继续上路。

坐在车上，费老师说，那次不算多。有一年在神农架考察，去的时候是搭便车去的，到了那个点，工作了几天，返回时没有便车可搭了，只能靠双脚走。我们从考察点黑龙潭走回驻地，一天内走了40公里，走了整整一天，还背着采集工具呢。当时和我一起的两个年轻人，脚都走起泡了。

啧啧。我问，穿的什么鞋呀？

解放胶鞋。

是您走的最多的一次吗？我继续问。

还不是。费老师笑道，最多的一次，一天之内走了60公里。那是上世纪60年代，我们在雅安的大山里考察，完全没有公路，从一个点到另一个点，只能靠双脚走。

我问，是碧峰峡吗？我去过。

费老师说，是路过，比碧峰峡远得多。不过那时的碧峰峡是荒无人烟的大山，不是景区。

我忽然说，费老师，您这辈子徒步走的路，可能赶上红军长征了吧？不止两万五千里了吧？

费老师笑了，说没算过。

谢锋在一旁也笑了，他说，很有可能呢，费老师，您什么时候算算看。

我说，就是算个大概也行。

但我估计，费老师没那个闲工夫。

汽车上坡，费老师又想起一件往事。1982年，我们去西昌那边考察，坐的是单位一辆解放牌车。当我们的车走到盐源至木里的一段危险路段时，驾驶员停下车不再前行了。我们下来一看，前面的公路狭窄，一侧为悬崖绝壁，谷深一两百米，确实险峻，司机不敢前行可能是他有恐高症吧，我们只好原地休息。后面来了一辆客车，他就跟在客车后面走过了那段险路。可是返回的时候，没有客车可跟了，他在河旁边一个道班房前停下来，无论如何也不肯行驶了。我们只好在道班房里借宿一夜，在一间堆放杂物的房间睡觉。到凌晨4点时，司机叫我们起床上路，经过1个多小时跋涉，我们的车顺利走完那一险峻路段，此时东方才刚刚发亮，大家都在清新空气中松了一口气。我们心里明白，在黑暗中行车，看不见路旁的悬崖绝壁，可以消除恐高心态。我们在山上休息一会儿又继续前行。

我想，一直在路上的人，不知道要经历多少危险，才能走到目的地。很多危险，常人是无法想象的。

我们的车来到了峨眉后山零公里的龙洞。那个点，是发现龙洞山溪鲵的地方。早年刘承钊先生带费梁来过，后来费梁老师又带着谢锋来，他们都在这里发现了新种。

我笑说，这里成培训基地了。

车子停在路边，我们下车走小路，一直走到路尽头，要下到坡下去，谢锋让我和费老师在路边等着，他说他先去看看，因为路太滑了。

虽然谢锋已经是博士生导师，正高级研究员，但在我们几个人里，他就是年轻人了。所以一路上不得不承担一些事务性工作，并照顾费老师和我。

于是我借机请教费老师，什么是鲵。因为在我看来，鲵和鱼没什么区别呀，滑溜溜的一长条，也是总在水里游。

费老师说，鲵和鱼样子的确有些像。它多数时间在水里，少数时候在岸上。作为两栖，它水栖的时间比较长。大部分两栖动物，都是幼体在水里，成体在陆地。也就是说，蝌蚪在水里，变成青蛙后就在陆地上生活了。但也有个别两栖动物，终生都在水里。比如大鲵，很少上岸。

我问，既然终生都在水里，为什么不划入鱼类？

费老师说，根据它的骨骼判断，它仍属于两栖类的身体结构，比如，它有四肢，鱼是没有的，鱼靠尾巴游动，鲵靠四肢行走，虽然很短。非洲和南美洲还有一种叫负子蟾的蛙，终生都是水栖。

我以前一直认为，所谓两栖动物，就是一会儿生活在水里，一会儿生活在陆地。一直到此次上峨眉山才明白，不是这样的。而是幼体在水里，成体在岸上。这样的话，说某人从事两种职业为两栖，是不准确的。知识无穷尽，获得很快乐。

我们正聊着，谢锋回来了，告诉我们那条路已经走不通了，被水淹了。他往坡上走的时候，忽然叫我下去。他指着路边的树叶，好像发现了什么。

　　我连忙下去，看见在繁茂的树枝中，有一团叶子包裹着的东西，他指着绿色的小米大的点点告诉我，这就是树蛙的卵。

　　我太惊喜了，连忙拿出手机来拍照。那些卵让我想起小时候喂养的蚕卵，只是它们是绿色的。

　　谢锋告诉我，树蛙产卵在树上，用树叶包裹起来，20多天后变成蝌蚪就入水了，在水里长成青蛙后再上树。成长过程竟然要分三个地点和步骤，比人复杂多了。所以树蛙产卵之前，要先找到下面有水的树，才在树上产卵，以方便蝌蚪入水。据说侦察的任务，是由雄蛙来完成的。

　　大自然有大自然的秩序，动物有动物的智慧。实在是有意思。

　　回来后翻书，又得知峨眉山的树蛙有一种叫"峨眉树蛙"，四、五月份产卵，雌蛙先排出液体搅拌成泡沫状，再将卵产于其中，雄蛙随即排精于卵泡上，之后也离开。等卵孵化时泡沫会液化，小蝌蚪便能自由转动，孵出后的小蝌蚪通过运动或者雨水冲刷进入树下水中，继续生长发育，直到长成青蛙。

　　树蛙的种类很多。有陇川小树蛙，勐腊小树蛙，都是小到1厘米多的样子，在云南；有广西疣斑树蛙，表皮粗糙，布满疣粒；有蛙类的将军——大树蛙，长达10厘米；还有斑腿泛树蛙，屁股后面有好看的花纹；还有会飞的树蛙——黑蹼树蛙，其实是滑翔，可以滑翔15到20米，相当远了；等等。说不过来。

　　我们继续驱车，来到另一个地方，也是费老师、谢老师曾经发现过新种的地方。这里貌似有河，但水浅到不能称之为河了，水滩而已。但上面有座桥，这说明曾经水很大。我们走下去，沿着水边走，看到一群鸭子。费老师说，鸭子吃蝌蚪最厉害，有多少吃多少，所以这里肯定没有蝌蚪了。我们走了一阵，果然没有任何发现。

看看四周，很冷清，野草很深，好歹还种了些蔬菜。若是以往，我怎么也不可能走到这些地方来，既没有自然风景，也没有人文景观。但跟着费老师他们，看风景的眼光就不一样了。只要是符合两栖动物生长的环境，费老师他们就会仔细上前查看。我注意到费梁老师和谢锋老师的眼睛，一直盯着水边和草丛，也许他们已经用目光把那些地方都翻开看过了。

遗憾的是，连蛙鸣都没有听到。我们折返。

我把一路见闻发在朋友圈，大家都盛赞费老师轻快稳健的登山步履，也都对科学家表示出极大的敬意。我感到很高兴，多一个人了解科学家，我的工作就多一分意义。

有一位老家在峨眉的朋友马上提供情报说，我们峨眉山还有一种弹琴蛙哦，你赶紧告诉费老师。我说费老师肯定知道。朋友说，不一定。我说，只有你不知道的，没有他不知道的。果然，我一问，费老师马上回答说，是的，峨眉山有弹琴蛙，分布在海拔1200米左右的地方。个头不大，但叫声很悦耳，很有节奏，"噔、噔、噔"的，好像在弹琴，所以被命名为弹琴蛙。我把费老师的回复告诉了朋友，朋友心服口服，并调侃自己是"井底之蛙"。我得意地说，虽然你是峨眉山人，但你上峨眉山的次数肯定比费老师差远了。

　　后来我又在书中看到，盛夏的时候，弹琴蛙会用泥巴做一个小罐子（巢穴），上边开一个圆形小洞，然后钻进去发出鸣叫，就好像一个自制音箱。如此想，人类的音箱是不是跟弹琴蛙学的呀。

　　青蛙世界真是丰富多彩。

三十五

吃过晚饭，天黑尽之后，我又跟着费老师和谢老师出门了。费老师说，他们的工作程序一般都这样，白天先上山去看点，晚上再上去采集标本，若采到了，再回到工作室处理标本。

谢锋拿着两把很大很专业的电筒，一摁亮，黑夜里顿时出现两道雪白的光。我本来也带了一把小电筒，一对比，我那个实在是弱爆了，我都不好意思拿出来了。

费老师拿了一把，谢锋拿了一把，顺便也帮我照着路。我夸赞他们的手电筒厉害，他说现在这电筒很先进了，充电就行。早年间他们带的手电筒是装电池的，三节电池也没这个亮。外出时生怕把电池打湿了，要先用塑料袋包好。有一次外出采标本，也是在峨眉山，也是夜里，他们三个人只有一把电筒，谢锋就给前后的两位同事照亮，结果一不小心，自己掉到了龙潭里。幸好他会游泳，爬了上来。

谢锋乐呵呵地给我讲这个故事。

　　两天接触下来，我感觉谢锋是一个性格比较随和的性情中人。对工作，对人事，对自己，几乎没有什么牢骚和怨言。说起成长经历，他总是说自己运气不错，遇到了费梁老师，发表了比较多的论文，比较快出了成果。说起不顺利的地方，他会说，怪自己走了弯路。

　　这是很难得的品质。

　　谢锋于1990年毕业于四川师范学院（现西华师范大学）生物学专业；后来考上费梁老师的硕士研究生，1996年获得了硕士学位；3年后，1999年，又获得中科院动物研究所的动物生态学博士学位。

　　谢锋自己也感觉自己很顺利，获得博士学位后，2002年就评上了高级职称，为中国科学院成都生物研究所的研究员。那时候才34岁，很年轻。

　　说到自己的成长进步，谢锋对自己的恩师费老师充满感激。他回忆起第一次见到费梁老师的情形，那是1993年3月，他考费老师的硕士研究生。在研究所面试时，由于太紧张，费老师提的部分问题他一时答不上来，越答不上来越紧张。费老师见状安慰他说，不要急，慢慢来，想好了再说。费老师的慈祥笑容让他放松下来，渐渐地，他有了条理，回答顺畅起来。费老师给他的第一印象，就是和蔼而又宽容。

　　开始硕士论文研究工作以后，费老师更是耐心细心地指导他，从文献阅读到标本鉴定，引导他发现问题，并想办法解决问题。他还亲自带谢锋去野外采集标本。第一篇论文，费老师竟然帮他改了10遍！而且不是在电脑上修改，是用手写，誊抄在纸质文本上进行改动。当谢锋看到贴满纸条的论文文稿时，被老师字斟句酌的推敲精神、严谨务实的科学态度深深打动了，唯有努力学习，才能不负老师。

以后20多年，谢锋一直在费老师身边工作。他对费老师的敬意是由衷的、持久的。在他眼里，费老师是一位有担当的人，为研究室的工作竭心尽力。而且他回到研究室担任主任时，正面临全院的改革大潮，各项工作举步维艰，项目少，人员少，后生尚未跟进，他倾尽全力，出谋划策，推举新人，带领大家走出了困境，为后来研究室顺利地进入创新阶段打下了良好基础。费老师更是一位执着和敬业的人，他的执着表现在对两栖动物的热爱和对科学事业的追求，这种执着和追求在“文革”冲击中没有改变，在研究室变动中没有改变，即使在退休后，身体出现变故的情况下，仍然没有改变。费老师还是一位平易近人的人，对同行、对学生皆是如此。

谢锋对费老师的看法，与我对费老师的印象完全吻合。

我们从宾馆出来，沿着湖边、山边走。我看电筒那么亮，问会不会惊动蛙类。费老师说，蛙类是不怕光的，见了光也一动不动。所以要发现它们，全靠一双眼睛。

我们在山路上边走边聊，不知怎么聊到了牛蛙。

动物界和植物界，都有生命力格外强的物种。比如，我去云南时，就听说芭蕉的生命力特别强，如果在香蕉林边上种植一棵芭蕉，很快，那一片香蕉就变成芭蕉了。而在两栖类里，生命力强大的莫过于牛蛙。牛蛙出现的地方，其他蛙类基本就灭了。上世纪60年代，我们国家遭遇天灾人祸，粮食极度匮乏，为了解决吃饭和肉食不够的问题，我国从古巴引进了牛蛙。牛蛙好养，肉多，也含有丰富的蛋白质。当时，刚刚参加工作的费梁，还接受上级任务写了一本关于牛蛙饲养方法的书。但是，我国推广养殖牛蛙，由于缺少经验，也缺少对牛蛙的了解，没有采取很好的防范措施，导致牛蛙泛滥。尤其是近些年，牛蛙跑了出去，进入当地的环境里，严重破坏了当地的生态平衡。比如云南昆明的滇池和西藏拉萨的拉鲁湿地，牛蛙进入后，以其强大的生命力，将当地的蛙几乎全部吃光了。等发现为时已晚，成为惨痛的教训。

果然，走了一段之后，谢锋在沟底发现了一只蛙，棘腹蛙，还没长大，婴儿拳头那么大。我们的电筒照过去，它一动不动。

我问，每次考察，都是白天黑夜连续干吗？

费老师说，是的。现在好多了。过去没有交通工具，还得自己背着行李徒步到达采集点，白天熟悉了环境，晚上再上山去捉，再顺利也得夜里12点以后返回。回到驻地，还要先将采集的标本处理好才能睡觉。记得那次在海南大里村科考时，我一天最多只能睡上三四个小时。而且那时候，我们没有任何户外装备，遮雨靠一张塑料布，吃饭靠石头架锅灶，绘图则靠人工一笔笔画。六七十年代，没有相机，绘图员要一手捏着蛇头，一手画画。后来有相机，黑白胶卷，一次考察只能拍一卷，经常舍不得拍。有时候拍回来了，洗出来又不成功。再后来总算有了彩照，然后是数码，一点点进步。

但无论装备多么先进，人还是必须走出实验室，进入大自然才行。

就像此次，必须冒雨走进峨眉山，才能见到研究对象。也许是季节的原因，也许是旅游景点的原因，那个晚上，我们没有再发现其他的蛙。我问费老师，现在是不是蛙类在逐年减少？费老师说，是的，很多稻田都不再能听到蛙鸣。从蛙类的减少，可以看出中国环境的改变。费老师有些忧心地说。

谢锋说，所以近些年，我们生物所两爬室也参与了大量的关于环保方面的工作。

我想，虽然现在条件好了很多，资金充裕，设备优良，但谢锋他们这一代所面临的情况，比费老师他们复杂了许多。所以他们的担子依然很重，无法轻松。

三十六

第三天，由于我的缘故，我们一早下山返回。很是遗憾，因为我下午有两个必须参加的活动。否则在山上多待一天，也许会有更多的收获。

通过此行与费老师的近距离接触，我更加深了原来对费老师的印象，那就是在他温和谦逊的性情中，有一颗执着认真的事业心。

难怪很多同行和晚辈，都称他为治学楷模。只要是为了两栖事业，他都热心相助，不计较名利。

中国科学院北京基因组研究所副所长张德兴研究员回忆说：

大约 10 年前（2005 年左右），我第一次跟费老接触。当时他的实验室正在开展黑斑蛙生物地理演化的研究，遗传学分析显示，从陕西两地采回的标本跟华北的标本差别大，因此怀疑是采错了标本，于是打算请学生再次专门赴山西、陕西多地系统地重新采集标本，并请费老帮助鉴定。于是，我便冒昧地跟费老打了电话，表达想请他帮助的意愿。对我这个素不相识的人的请求，费老一口答应了。学生回来告诉我，费老和叶老不但仔细鉴定了标本，还详细回答了他的所有问题，提醒应该注意的方面，并且亲自写下了应该重点考虑在什么地点采集标本的清单，把当时正在写作中的《中国动物志·两栖纲》的相关细节也给了他，鼓励他踏实地做好研究。而且，二老坚决谢绝收取标本鉴定费。费老和叶老的言传身教，是最好的训导，令学生十分钦佩，成为我们为学的楷模。

（摘自《探蛙知音》）

2015年，张德兴到成都去拜见了费老和叶老，感谢两位前辈此前的热情帮助，并报告了他们在黑斑蛙生物地理演化方面的研究进展。他们一谈就谈了1个多小时，费老始终兴致勃勃。陪他一起去的江建平研究员告诉他，费老、叶老退休近10年来，每天都是这样从早8点到晚8点地在办公室工作，孜孜不倦，包括获国家自然科学奖等在内的成果，都是这样锲而不舍地做出来的。这更让他肃然起敬。

贵阳大学教授魏刚回忆说：

在我30余年的工作经历中，有3段时期受惠于费梁先生的指导帮助。第一次是1984年，我师从西北大学陈服官先生读硕士，到秦岭进行动物调查时采集到中国林蛙。因对两栖动物感兴趣，我希望用中国林蛙作为我的硕士论文研究材料，但不知是否合适。因陈服官先生擅长鸟兽研究，暑假回家路过成都时，我便去请教了费梁先生和叶昌媛先生，询问能否用中国林蛙作为我的硕士论文研究材料。两位先生均肯定可以用中国林蛙做硕士论文研究材料，并且查阅他们的野外工作记录资料，告诉我具体在哪些地方采集标本进行比较研究才有意义。两位先生对从不相识的初学者的无私热情帮助，使我踏入了两栖动物研究的大门。第二次是1991年，两位先生邀请我和我爱人到成都生物研究所参加齿蟾属和齿突蟾属物种的形态比较研究。按费先生安排所完成的两篇论文中，一篇他们是第一作者，一篇我们是第一作者。在研究过程中，我发现两位先生多年野外工作，在全国已采集了2000余号标本，已经完成了大量的骨骼解剖工作，实在不需要我们参加。我请教费先生要我参加此项工作的原因。费先生说，他对当时周明镇先生介绍的国外流行的分支系统学研究方法不熟悉，见我发表的硕士论文涉及分支系统学研究内容，因此邀请我们参加。两位先生为了紧跟学科前沿，在培养年轻人的过程中自己也不断学习的精神，使我很受感动。第三次是2006年，我想读博，但未考上成都生物研究所，而考上贵州大学李子忠先生的博士生。李子忠先生擅长昆虫学，但我仍想从事两栖动物研究，费先生又请江建平先生作为我的博士生第一导师，实际指导我的博士论文研究工作。从我的学术经历来看，费先生虽不是我名义上的导师，但我一直视自己为费先生的实际弟子。我十分珍惜两位先生对我的教益。每想起两位先生待人真诚、提携年轻人，对工作认真、求实、严谨治学，一生辛劳、献身科学的奉献精神，对中国两栖动物学事业做出的卓越贡献，我始终怀着崇敬的心情。

（摘自《探蛙知音》）

中国动物学会两栖爬行动物学分会副理事长、哈尔滨师范大学教授赵文阁在文章中回忆说：

初识费梁老师是在 1985 年读研期间，到成都生物所访学，费老师的热情接待和讲解，他丰富的野外工作经验和渊博的两栖爬行动物学知识以及对于北方人来说乍听起来不太好懂的四川话，都给我留下了深刻的印象。1992 年，我初次参加了在大连召开的全国两栖爬行动物学术会议并做了发言，得到了费老师的好评和鼓励。1995 年，又是在费老师等前辈的举荐和支持下，我成为学会的理事。以后每次与费梁老师见面，我都会向他汇报自己在研究过程中遇到的问题和想法，每次都会得到他的耐心指点和无私帮助，使我茅塞顿开。他们编撰的《中国两栖动物检索》《中国珍稀及经济两栖动物》《中国两栖动物图鉴》《中国动物志·两栖纲（上、中、下卷）》《中国两栖动物彩色图鉴》和《中国两栖动物及其分布彩色图鉴》等一系列巨著，一直伴随并指导着我和我的学生们的学习和研究。2008 年在我完成了《黑龙江省两栖爬行动物志》初稿后，费梁老师对书稿进行了全面细致的审阅，从引文出处、拉丁学名到文字表述，都提出了详尽的修改意见，极大地提升了该书的层次和水平。此外费老师还从鼓励和褒奖的角度为此书做了热情洋溢的序言，让我感动一生。

（摘自《探蛙知音》）

读到这些文字，我也被深深感动了。我发现凡与费老师交往过的两栖动物研究领域里的同行或后辈，无不得到过费梁夫妇的热忱指导和无私帮助。我感觉，这是因为费老师将自己对事业的热爱，对事业的钟情，辐射到了每一位从事两栖动物研究事业的人身上，只要是有志于两栖动物研究事业的人，他都觉得高兴、亲切，想倾尽全力去帮助指导他们。

当然，他身边的弟子感受就更深了。谢锋在回忆文章里说：在我心目中，老师是一位和蔼的长者，在生活中给予我慈父般的关怀；老师是学习的楷模，严谨而敬业，执着又富于创新精神，是我们科研工作上努力的方向。作为他的学生，我感到由衷的骄傲与自豪。

今天的谢锋，没有辜负费老师的培养和希望，他除了研究员之外，还担任了中国动物学会两栖爬行动物学分会理事，农业部濒危水生野生动植物种科学委员会委员，IUCN（世界自然保护联盟）物种生存委员会委员，《应用与环境生物学报》《动物学杂志》、*Asian Herpetological Research*（《亚洲两栖爬行动物研究》）等重要科学期刊的编委。他的主要研究方向为两栖动物的生态适应进化和保护，故承担着国家、环保部、中科院、四川省等多个研究项目。说起那些项目的名称，都是一般人无法听懂的，比如国家自然科学基金的项目：基于线粒体全基因组的角蟾科系统发育研究。

近些年，谢锋主编和参编的专著有6部，在重要的专业期刊上发表论文80余篇。获国家自然科学奖二等奖1项（2014年），四川省科技进步奖二等奖1项（2010年）。也是两栖动物研究领域里的一位重要科学家了。

三十七

　　我在采访中逐渐发现，费梁老师不仅是一位对事业认真严谨的科学家，同时还是一位敢于创新、有开阔思维的科学家。比如上世纪90年代中叶他当室主任时，爽快接受了学生建议，买了整套的电脑和打印机设备，自己也跟着学生学习使用电脑。平时一旦从资料上看到国外一些新的研究方法，就马上去了解和学习，绝不因循守旧，抱残守缺。

　　虽然当年他是为了接刘承钊先生和胡淑琴老师的班，开始两栖爬行动物学研究的，但是一旦走上这条路，他就暗暗为自己定下了一个目标，不仅要继承老师的衣钵，更要在学习和实践中有所突破和不断创新，逐渐形成自己的新观念和新体系，用新的科技手段来研究两栖动物，或者说，把新观念和新方法带入两栖动物研究领域。

　　费梁说，刚开始我只是想做个好学生，后来突然产生了要干好这项事业的冲动。再后来冲动成为激情，然后沉淀为崇高的使命感。

"刻苦是成功的保证，创新是进取的动力。"费梁将这两句话，当成了自己科研事业的座右铭。

1961年以前，中国的两栖动物多样性缺乏系统的调查研究，已知物种少，演化研究几乎为零。1961年以后，在刘承钊等老一代科学家的工作基础上，成都生物所开始了系统清查中国两栖动物"家底"的工程。

"我后来意识到，我们对两栖动物的研究，不能再停留在查'家底'这样的基础研究上，也不能只满足于发现物种的外部差异，而是要深入下去，研究内部，研究骨骼，用骨骼分类，把分类更细化。所谓高级阶元，就是依据骨骼来划分两栖类。"

费老师告诉我，高级阶元的研究，即依据骨骼，通过骨骼分类。国外很早就开始通过解剖分析、比较骨骼了。我们国家因为条件所限，开始得比较晚。

与此同时，还要用新技术和新方法来进行研究，比如用形态学和分子生物学等进行综合研究，通过血液和眼晶体蛋白电泳以及染色体，来进行研究。通过眼晶体蛋白电泳实验，显示出不同物种的电泳谱带有明显区别，可以为属、种分类提供依据，如费梁等通过蛙类眼晶体蛋白电泳研究，发表的《齿突蟾属某些种的多态现象》《锄足蟾科四属21种（亚种）眼晶体蛋白电泳研究》等多篇论文，论述和解决了锄足蟾科某些属、种的分类问题。这一创新性研究使形态学与分子生物学相结合，并得到了相互印证的良好效果，促进了学科的发展。

费老师找出谱带图给我看，我是第一次听说谱带这个词。

费老师说，搞科学研究，每走一步，都要创新，树立创新思想。

其实早在上世纪80年代，费老师在多年实地调研基础上，就提出了崭新的两栖动物分类体系构建标准，但当时有的学者不认可。毕竟老的系统分类法已根深蒂固。打破和建立，都需要勇气。到90年代中叶，费梁担任两爬室主任后，两爬室注入了新鲜力量，而社会也更加进步和开放，费梁和他的团队，正式开始了系统学研究。天长日久，两栖动物的形态鉴别标准和分类体系被渐渐认可，得到了完善。

在这个过程中，惊人的发现源源不断。除了发现新种（亚种）及国家新纪录物种外，他们还突破性地建立了1个新科、5个新亚科，定义了世界第5个蝌蚪类型，为浮蛙科的建立提供了重要依据。也就是说，在全球数千种青蛙中，过去只分为4个蝌蚪类型，而费梁团队的研究成果让全球蝌蚪增加了1个类型，即发现了第5个蝌蚪类型。

有报道称：他和他的年轻同事们一起，开拓性地打破持续近一个世纪的传统蛙属的旧分类系统，建立了引起全球同行广泛关注的新分类系统，新建了浮蛙科，发现和定义世界第5个新的蝌蚪类型，发现新物种及新纪录126种。

尤其是第5个蝌蚪类型的建立，阻力较大。一开始有人不相信，说国外只有4种蝌蚪类型，质疑中国是否有第5个蝌蚪类型，认为将浮蛙属提升为亚科或科级似欠依据。但是，经过费梁夫妇的反复研究，发现浮蛙科确实应该独立成为亚科或科级，中国拥有第5种蝌蚪类型，只不过以前未被其他学者发现。

这个科的尖舌浮蛙，体长大约3厘米，外形就是普通青蛙的灰绿色或绿棕色。费梁研究后得出了确定的看法：这种青蛙主要分布在中国南方及东南亚国家，经常栖息在较大的水坑、池塘和稻田里。当年远赴海南、广西等地采集标本时，最多的时候一次可以采集这种蛙一二十只，在野外没有发现它有何不同。后来在实验室展开解剖，才发现尖舌浮蛙的成体舌头尖尖，其骨骼、蝌蚪的口部都非常特殊，因为蝌蚪的口部没有唇齿。

于是费梁和叶昌媛在他们的《中国两栖动物检索》一书中，将其作为一个新亚科发布。

2004年，外国学者通过DNA研究，从分子生物学的角度，印证了以尖舌浮蛙为代表的浮蛙属，可以提升为一个全新的科。而这一印证距费梁夫妇的发现，已经过了十余年。

如今，这项创新成果最终得到新技术和新手段的验证，经过了时间的考验，被广泛接受，并逐渐广为引用。新技术和新手段，不仅打破了传统的研究方式，更是建立了全新的科研观念和方法。

必须指出的是，在这个打破和建立的过程中，新一代科学家，如江建平、谢锋他们，发挥了重要的作用。他们不但学习到了老一辈科学家积累的经验，学到了他们锲而不舍的科研精神，还为两栖领域带入了新思想、新观念、新力量。

"我们之前的研究，主要是基于两栖动物的形态研究和解剖学成果。要打开一扇更大的科学之门，一方面这些物种的种、属可以运用分子生物学来确认；另一方面，不同物种之间的关系也需要深入的研究，就是年轻人应该起作用了。"费梁说。

中国第三代"两栖人"接班了，他们在两栖动物研究领域里，发挥出了非常重要的作用。

第七章　任重道远

Chapter Seven

三十八

2015年年初，媒体上关于成都生物所获奖的报道很多，但一般人不会关注，就算关注了，看到那样的消息也不会有特别的感觉。比如，2014年度国家自然科学奖揭晓，历时50余年的中国科学院成都生物研究所"中国两栖动物系统学研究"项目获得二等奖。

很普通的文字吧。甚至可能会想，二等奖，为什么不是一等奖？

但是，如果你知道国家自然科学奖一等奖常有空缺，也许就会感觉这个二等奖得的不易了。

如果你再知道获奖的5人（费梁，叶昌媛，江建平，胡淑琴，谢锋）是三代人，其中一人已去世，两人已年逾八十时，可能更会觉得这个奖来之不易了。

如果你进一步了解到，这个获奖项目包括11部专著、234篇论文、8000多幅图片、17万余个形态数据、3000多个个体的

DNA序列构成，你会怎样？瞠目结舌吧？

其他不说，至少我知道，比起我们的文学奖，真是太太艰难了。

我如果不是领受了写作任务，走近他们，采访他们，也许一辈子都不会知道这些。我也会像普通读者那样，看到消息一晃而过。

获奖者之一，中科院成都生物研究所两爬室的研究员江建平（现任两爬室主任）向媒体介绍说：

中国两栖动物丰富多样，是世界的热点，研究其资源现状和发展趋势，揭示物种起源与进化，是物种认识、资源保护与利用的前提和保障。这些因素推动了三代学人不懈努力，所取得的成果弥足珍贵，不但填补了诸多国家两栖动物研究的空白，还推动了全球两栖动物学的深入研究。

中国两栖动物系统学研究的主要创新在于，创建和完善了两栖动物形态鉴别标准和分类体系，揭示了中国两栖动物丰富的多样性，并构建了形态特征的定性和定量判定标准，为两栖动物系统与进化生物学以及相关学科发展奠定了重要分类学理论与方法基础。

他的这段话，基本概括了这个奖的意义。

江建平还对记者说，中国两栖动物系统学研究揭示了蛙科、叉舌蛙科、角蟾科、小鲵科的系统发育关系、地理分布格局及成因，论述了其对高海拔及水陆生境的适应进化机制。其结果阐明了东喜马拉雅-横断山区及中国中部山区是我国两栖动物物种的形成和分化中心。研究还首次完成了国家级两栖动物物种编目，全方位展示了各物种生物学信息。而他们的科研著述，全方位展示了物种特征、生态习性、地理分布等；是全球和区域两栖动物评估的重要依据；对2科及8属和188种（超过记载物种总数的二分之一）进行了深入讨论，指明了后续相关研究的方向。

这段话非常专业，概括来说，就是三代学人的研究成果已广为世界的两栖爬行动物学家和相关领域科学家所借鉴。三代学人的成果已广泛用于环保部门的生物多样性保护计划的制订、物种现状评估，各级渔政部门的保护与管理和行政执法，海关和林业公安执法检查以及自然保护区建设中的两栖动物物种鉴别、种群现状了解及其保护等多方面。研究两栖类动物，对环境变化的指引有很大作用。

在江建平看来，中国两栖动物系统学研究的最大意义正在于"提供基础数据和对其他学科的支撑，是环境评估和监测的依据，还是生态状况的指示"。但它是一项需要大量时间和耐心的基础研究，采集动物，解剖个体，制作标本，用图文详细分析、阐述、记录其特性，进行比较，并用一定的方法将其分门别类。正因为如此，才需要三代学人持续不断地研究，不断地推陈出新，才有今天的硕硕成果。

两栖领域的三代学人，每一代都发挥了非常重要的作用，每一代都是不可替代的。

前面，我已经写到了第一代，奠基者刘承钊先生和妻子胡淑琴教授，写到了第二代，核心人物费梁、叶昌媛夫妇，而第三代，就是江建平和谢锋他们了。或者说，是以他们为骨干的第三代。

报道中提到，此次获奖的研究成果，包括11部专著，而其中有4部江建平或谢锋参加了编写。所撰写的234篇论文里，也有112篇，是由他们完成的，或者是他们与费梁、叶昌媛夫妇共同完成的。8项成果，有一项是他们做出来的。

虽然眼下可以看到累累的硕果，但追溯到几十年前，这是一项"寂寞的工程"，经费不多，受重视程度也不高，研究者要么在野外辛苦奔走，要么从早到晚伏案。日复一日，没有什么能让人兴奋愉快的事。这样说吧，这是一项既无名可图也无利可图的枯燥的研究工作。

费梁、叶昌媛他们就是这样走过来的。

接班的江建平和谢锋他们，也是这样走过来的。

不同在于，随着社会的发展、国家的进步，年轻科学家们所面对的工作，更为宽广，也更为复杂。两栖动物研究，越来越展示出它的社会意义。从监测两栖动物的变化来观察生态平衡问题、环境污染问题，成为分量越来越重的课题。

比如水源的污染，就可能会导致两栖动物减少，或出现畸形的两栖动物。2003年IUCN在成都召开了研讨会，专门研讨评定中国受胁动物，分为未予评估、数据缺乏、无危、近危、易危、濒危、极危、野外绝灭、绝灭9个级别。费梁夫妇被聘为两栖类的专家组成员，为大会提供了许多研究资料和著作，提供了很多需要观察的项目或状态，来监测环境。大会发布了红皮书，将以上各类发布出来，引起重视。第三代两栖人，肩上的担子很重。

虽然我也看到了他们的一些资料，总还是想和他们见面谈谈。谢锋老师已经有过接触了，一起去峨眉山两日。而江建平主任，我在北京的签约仪式上见过一面，此后只有过短信联系。作为一个学科带头人，又是室主任、党支部书记、博士生导师，他的忙碌是可想而知的。就像上次，已经定好了和我们一起去峨眉山的，他又临时去了西藏。

经过联系，我们约好了在他办公室聊聊。

三十九

2017年6月23日，我第六次来到中科院成都生物所两爬室。这一次不是来见费梁老师，而是来见江建平主任。

走进江建平的办公室，我有些意外，比我想的要简陋得多，也拥挤得多。

费梁夫妇的办公室拥挤、简陋尚可理解，他们已经退休了，因为要继续工作，才不得已找间小办公室临时使用。而江建平作为现任的两爬室主任，作为博士生导师，我总以为应该有一间很大的办公室才是，没想到他的办公室也如此老旧。或者可以说，弥漫着与他的老师费梁先生的办公室相同的气息。

办公室里除了必要的办公桌和书架外，我先是注意到墙边有一张很旧的长沙发，沙发上扔着铺盖卷，显然他经常在办公室休息。和他同室而眠的还有一条巨大的蛇，泡在玻璃瓶里。沙发上还丢着两个背囊，都是鼓鼓囊囊的，好像刚外出回来，或者马上要出发。我还看到桌上放着一个相当专业的大相机，与相机匹配的是各种数据线和专业接线板。电脑更是不可少，台式的，笔记本的，我看了一下，至少有三台。

江建平看我在观察电脑，就指着我身后窗户下的一台台式机说，这台是我最好的，运算速度相当快。以前要运算几个月的数据，现在一个星期可以完成，运算速度比原来的电脑快好几倍。

我心里暗暗想，到底是新世纪的科学家了，所掌握的研究方法和技术，都已经是最前沿的了。用电脑运算什么数据呢？我本来想问的，后来放弃了，因为我估计就是他讲给我听，我也云里雾里。反正肯定是和他们的研究课题有关就是了。

我顺着电脑再看过去，发现窗台上也没空着，摆着三层像收纳箱一样的塑料盒，但显然不同于普通的收纳箱，箱子上有很多圆孔，箱里有草有青苔。我上前观看，江建平就给我介绍说，那是他们养的凹耳蛙。因为正在做凹耳蛙的课题。

江建平给我简单地讲了下凹耳蛙。凹耳蛙是中国特有的一种蛙，与其他蛙很不同的是，它有外耳道，最重要的是，它发出的声音像鸟叫一样又尖又细，是用高频声音进行通信的一种蛙。江建平他们的研究已经证实，凹耳蛙是能发出20kHz以上超声波信号的非哺乳类脊椎动物。其中雄性比雌性更高，可达40kHz。

江建平说，他们从10年前就开始了对凹耳蛙的专题研究，申报了课题。目前此课题已接近尾声了，其研究成果，可以用于人类的通信领域。

他打开盒子指给我看这种神奇的蛙，有雄性的也有雌性的。让我吃惊的是，雄性的凹耳蛙很小，比一元硬币大不了多少，雌性的却很大，差不多像小孩的拳头。用数据说，雄性的凹耳蛙3厘米左右，雌性的接近6厘米。

怎么会这样呢？我问。

江建平说，这也是我们要研究的。

江建平现在虽然是两爬室主任，但他依然将主要精力投在科研中，说起新的研究方向，他兴致勃勃。他告诉我，新的科学技术在两栖领域里发挥了很大的作用，比如过去我们做一个青蛙解剖图，从解剖，到拍图，到标注，需要半个月的时间，现在采用CT技术就快多了。还有以DNA技术为主导的现代生物学诞生，也让两栖动物研究迈上一个新台阶。

我在沙发上坐下，准备采访，却又有了新发现：在办公室进门的地方，竟然立着4台冰箱。我问，冰箱里装的什么？江建平说，是我们的生物样本。我问，既然是样本，为什么不放到实验室，或者标本室去呢？他说，那边已经放不下了。

我好奇地走过去拉开冰箱的门，看到里面整整齐齐地摆放着各种盒子，温度设置得很低。

显然，这不是领导的办公室，是科学家的办公室。

当我说，没想到你的办公室也这么拥挤时，江建平告诉我，再有两年他们就要搬家了，研究所在城南天府新区新建了园区。等他们搬到新园区，地方就大多了，条件一定会有所改善。

那就对了，我也替他们高兴。

江建平进入两栖领域，是在1993年，他研究生毕业，从四川农业大学来到中科院成都生物所，具体地说，就是来到费梁老师身边。费梁当时快到退休年龄了，急于寻找接班人。在此之前，谢锋已经考上了费老师的硕士研究生，将于1996年毕业。但一个接班人肯定是不够的，所以他又招收江建平进研究所。

费老师非常诚恳地对江建平和谢锋说，我已经快到退休年龄了，必须尽快培养接班人。不然的话，我们这个领域就后继无人了，前辈交给我们的任务还没有完成。你们要努力学习，抓住机会，尽快继承两栖事业。

"文革"十年，造成了两栖领域（当然不止两栖领域）的断代。费梁、叶昌媛是上世纪30年代生人，其后的40年代和50年代，几乎没有人跟上来，直接就是他们两个60年代生人了。江建平和谢锋（江建平生于1967年，谢锋生于1968年）与费老师的年龄相差30多岁，看到费老师的殷切希望，深感肩上的担子很重。

江建平是四川广安人，邓小平同志的老乡。小时候因为家庭出身不好，哥哥、姐姐都不能读书。轮到他，还算赶上了好时候，顺利读了小学，又顺利读了初中。初中毕业时他想读高中，亲戚们都反对。因为那时候农村青年多数都选择初中毕业直接读中专或者技校，又省钱，又好找工作。读高中，万一考不上大学，就白费劲儿了。

　　但是他想考大学。当时他们村有过两个高中生，考大学没考上，他知道后感到不解，怎么会考不上？大学有这么难吗？他就要试试看。最后，还是父亲支持了他，让他去读高中。父亲是个木工，走的路多，见的事多，比较有见识，他感觉自己这个儿子能读书。既然儿子有信心读，做父亲的就应该支持他。

　　江建平高中毕业了，参加高考，果然顺利地上了分数线。填志愿时，他不知该填哪个学校。他的一个当过老师的叔叔，建议他填四川农业大学。父亲不同意。父亲说，他本来就是农村的，还读农大？但是叔叔说，川农大是一所很好的大学，学出来会很有前途的。父亲不再反对。

　　等到大学毕业他又想考研了。他喜欢读书，喜欢做学问。可那时父亲身体不好，希望他回来就近工作。但叔叔说，有机会读书还是应该让他读，说不定他就是个做学问的人。江建平还是幸运的，作为一个农村孩子，有这样的父亲和叔叔。

　　可是，当父亲得知他要读的硕士专业是畜牧专业时，很不解，说你好不容易大学毕业了，还读畜牧干吗？农村里不都是搞畜牧的吗？江建平为了让父亲明白自己学的畜牧和村里人的不一样，就强调自己专业里的"遗传"二字，他说，我那个是遗传学，动物遗传学。父亲这才不反对了。

　　其实父亲还是很高兴，很骄傲的。毕竟他的儿子是村里的第一个大学生，又是村里的第一个硕士生，后来还成了博士。

不要说村里，整个广安博士也不多呀。

硕士毕业，江建平来到了中科院成都生物所，来到了费梁老师的两爬室。

1993年，时任两爬室主任费梁，为找接班人专门去了趟母校川农大。说起来，虽然相差30多年，江建平和费梁老师还是校友。不同的是，江建平在川农大的时间更长，本硕加起来有7年。

当时也有其他人选，但费梁一眼就看中了江建平，他觉得他不但学习成绩好，思想也成熟，大学期间还入了党，系主任对他的评价也很高，肯定是棵好苗子。

江建平开始有些犹豫，他也可以留校教书的。母校有熟悉的老师，熟悉的环境，相对好一些的工作条件，但最终，他还是选择来到了两爬室。还在读书时，他就知道了中科院成都生物所，知道了费梁等一批老科学家的大名。他想，自己还是应该到更广阔的天地里，在大科学家的身边学习，父亲经常跟他说，大池塘养大鱼。

当然，除了专业对他的吸引外，他选择成都，也有感情因素，当时他的女友希望他能到成都去。

就这样，他跟着费梁老师来到成都。

四十

上世纪90年代的两栖动物研究领域，还处于低谷，经费少，也不太被重视。江建平一开始很不习惯，研究室连个电脑都没有，他在大学读研时已经习惯用电脑了。绘图也要靠手工。费老师招收他的时候，还考过他的绘画基础。幸好他有些绘画基础，不然还通不过。后来总算有相机了，但胶卷有限，不能随便拍。

一句话，条件十分简陋。

但费老师的殷切期望，让他不能不迎难而上。

一到两爬室，江建平就跟费老师在一个办公室。从小受到的家庭教育，让他对老师怀有敬畏，只要费老师在办公室，他就一定在办公室，绝不会提前离开。

"那时候费老师总是坐在办公室，我也只能一直坐在办公室了。"回忆早年的光景，江建平笑了。

我想起费老师说的，他年轻的时候，胡教授总是在办公室坐着，他也就总是在办公室坐着。真是一代一代相传啊。

费老师对自己的学生，是爱之心切，盼之心切，经历了"文革"十年，两栖领域眼看要断代了，现在终于来了接班人，他毫无保留地向学生传授经验。每次出去野外考察，他要么亲自带队，要么就画图给他们，明确告知哪些区域会有哪些种。怎样选点，怎样发现，怎样辨别，一一传授。

那时没什么经费，所里每年给每个研究人员只能发5000元的研究费。很难开展大的研究。好在，江建平一个同学在科协工作。在同学的帮助下，他拿到了一个项目，有了1万元的研究经费。

费梁老师那时已年近六十，思想却很开放，很有前瞻性。江建平一到所里费梁就对他说，我们的两栖事业要与世界接轨，必须学好英语，你们将来一定要能够直接查阅英文资料。

于是，江建平1993年一到成都生物所，就被费梁老师安排到分院职工大学补习英语去了，学习了半年。

第二年，费梁老师就带着他先后去了浙江、福建及东北三省进行野外考察。考察回来，江建平开始与王朝芳先生进行林蛙杂交实验。此后又协助费梁修改《中国动物志》，即修改和补充台湾同行承编的部分物种的稿件。1995年至1996年上半年，江建平参加了洪雅瓦屋山考察，并由他总结调查资料和撰写相关论文。

在费梁老师的带领下，江建平很快上了路，开始出成果。

而谢锋在初到研究所的几年，也就是1996—1999年攻博期间，主要研究对象是林蛙。他在传统形态分类学的基础上，开展了分子生物学研究，即与四川师范大学方盛国先生合作进行林蛙DNA、指纹的研究，这是继两爬室蛙类眼晶体蛋白电泳研究之后的又一新研究方法。这两种分子实验应用于两栖动物分类方面均具有创新性，都发表有高水平论文，也为两爬室采用分子生物学方法探讨两栖动物分类打下了基础，也使他们认识到分子生物学应用于两栖动物系统学是一个重要手段，也是当时学科发展的方向。

从两名学生发展的角度，费梁意识到，根据两爬室的发展需要，必须培养博士人才。

费梁说，我们搞科研必须要有创新发展意识，不能固守传统的研究方式。我们年轻的时候，任务是摸清"家底"，不断发现新种，看看中国的两栖动物资源到底有多少种。从刘老师那一代，到我们这一代，已经发现了上百个新种，但今天，我们不能再停留在摸"家底"这个层面了，我们必须在摸清"家底"的基础上，培养高级研究人才，掌握最先进的研究技术，扩大学科研究领域，更深入地进行研究，争取获得更多创新成果。

当时由于成都生物所没有博士点，只能与外单位联合培养，费梁向生物所申请招收两个博士生，即谢锋和江建平同时报考攻博，将他们的研究能力再提升一步。

于是安排谢锋与北京动物所联合培养，学生态学，同时与该所王祖望所长信函联系得到支持。

江建平则希望进一步学习分子系统学，而费梁老师也觉得很有必要培养这方面的人才。1995年，费梁和江建平到贵州遵义参加学会会议时，费梁便与南京师范大学周开亚教授商议了联合培养之事（周教授是分子系统学研究的专家）。

经过考试，两个学生的成绩都过录取线。

费梁多次向生物所要求，让两个学生都留在所里在职读博，但所里由于指标等原因，只能同意费梁带一个博士生（谢锋），因此，江建平只得离岗到南京师范大学就读。

江建平离开成都时，费梁语重心长地对他说，你学成后一定要回来呀，我之所以将你从雅安要来，是因为我们两爬室太缺少人才了，需要你来接班，我等着你啊。

从1996年到1999年，江建平在南京师范大学读了3年博士。毕业时，江建平原本是希望回成都工作的，他知道费梁老师在等他。想当初到南京读博时，所里让他交回了房子，承诺待学成回来再给他分房，但眼看毕业了，房子却还没落实，这让他有些动摇了。

此时，很多单位要他去，尤其是南京的一些科研单位。在南京读了3年书，他对南京已经很有感情了。论条件南京更好。但他又放不下费老师的嘱托。

他忘不了1994年第一次跟费老师到福建武夷山野外考察的情形，当地有一段很难走的山路，是一段较陡的山坡，地面有一层砂，一踩一滑，旁边是悬崖。走那个路必须有经验，不能停，一停就会滑下山崖。他当时站在那儿不敢迈步了。费老师就帮他把行李背上，在旁边鼓励他，不要怕，跟着走。最后终于走过了那段危险的路。

他也忘不了第一次去抓青蛙时，怎么都下不去手，感觉青蛙滑溜溜的，让他胆怯。又是费老师亲自演示，鼓励他，教会他。

他还忘不了读博期间，费老师为了他的课题，亲自为他提供标本，亲自帮他做鉴定，支持他的研究。

老师点点滴滴的恩情，都让他铭刻在心，无法舍弃。

而成都这边，费梁看他在动摇，有被人抢走的危险，很着急，又去找所领导恳求，找相关部门协商。最终，所里给江建平解决了住房，留住了这个年轻的宝贵的科研人才。

读博归来的江建平，在系统分类学上有了长足进步，对于将分子生物学引入两栖动物研究中，也有了更具体的想法。在费老师的大力支持下，他很快拿到了研究项目，也很快在核心期刊发表论文。

但他发表第一篇分子系统学论文，就受到了一些老科学家的批评和质疑。新事物的出现，总是会经历这样的过程。费老师给他打气，让他坚持下去。费老师说，一开始不被接受是难免的，毕竟过去的方式方法已经用了几十年。但只要认为是对的就坚持下去。最终会得到证明的。

就这样，江建平一步步地，踏踏实实地，带着他的新观念新方法往前走，渐渐地，在系统进化和保育研究领域取得了长足进展，很快成了两栖动物研究领域的骨干。

江建平简洁地向我讲述了他的成长经历。

我问，中间有没有想过离开？

他坦率地说，有过。

大概是博士毕业回来后的头几年。那时候刚成家，工资不高，经济拮据，所以难免对收入比较在意。有一次他偶然听说，研究所给年轻的科研人员是有补贴的，是费老师没去帮他们争取。江建平心里有些不痛快，觉得自己辛辛苦苦的，凭什么待遇不如其他年轻人？如果有补贴，每月就多20元，数目不小呢。恰好这时候，他一个朋友办了一个食品公司，让他去帮忙做营养品配方，兼职，一个月给200。在那个时候是相当可观的。他正为没有拿到所里的补贴有情绪呢，就答应了。去干了6个月。后来朋友说，你不要兼职了，辞职过来做专职，我就可以给你开高工资。一说辞职，他心里咯噔一下，忽然意识到，自己其实是放不下两栖动物研究专业的。于是下决心不再兼职，回到了两爬室。

我问，费老师知道吗？

他说，我没说。费老师一门心思在两栖爬行动物研究上，很少顾及其他。像补贴这样的事，他不是不帮我们，那时他已退休，压根儿就不知道有这一规定，当然就想不到了。何况他自己也未领取过补贴。例如他带博士生，据说有规定可以享受博士生导师补贴，但他当时也不知道有此规定，也就没有拿。

如此看来，费老师真的是一个很单纯的科学家。

但费老师的敬业，费老师的吃苦耐劳，费老师在两栖动物研究上的丰富积累，都深深影响了他。他也和费老师一样，每年长时间投入野外考察，足迹几乎遍及全国各省（自治区、直辖市）。随着在两栖动物研究领域里的影响越来越大，地位越来越重要，他还组织全国同行建立了中国两栖动物监测网络，推动了我国两栖动物多样性调查和保护、研究事业的发展。由他主持和完成的国家、省部级及院地基础研究和科研攻关项目有20余项；在两栖动物形态和分子系统学研究领域取得重大进展，建立3个新亚科、15个新族、10个新属、2个新亚属，发现21个新种，探明蛙科和角蟾科的主要系统关系，揭示了部分近缘物种生殖隔离的维持程度与机制。发表论文130余篇，合作出版专著2部、参编专著3部，获得国家自然科学奖二等奖1项（2014年）、四川省科技进步奖二等奖1项（2010年），获得国家发明专利授权2项。

真是硕果累累。

我赞叹不已，问，现在你对自己从事的事业，已经很热爱了吧？

他说，有热爱，更有责任。

是的，或许还有费老师常常说的，使命感。自2011年，江建平就担任了两爬室副主任，2016年又担任了主任，兼党支部书记。他还是四川省学术和技术带头人，国务院政府特殊津贴专家，中国动物学会两栖爬行动物学分会理事长，IUCN/SSC两栖动物中国区主席，四川省细胞生物学会副理事长，中国细胞生物学学会理事，《生物多样性》（中国）、*Asian Herpetological Research*、*Amphibian & Reptile Conservation*（《两栖与爬行动物保护》）等重要科学期刊的编委。

这一连串的头衔，都是责任。

四十一

我们正在交谈时，谢锋走了进来。我一看到他，就发现他比上次见面时黑了很多，两条胳膊密密麻麻的全是红疙瘩，脸上也是，很明显。

我很诧异地问，你怎么了？

他抬起胳膊笑说，我刚从墨脱回来，被蚊虫咬的。

这么厉害？我非常惊讶。

谢锋说，好多了，前几天还要厉害，脸都是肿的。

原来，谢锋带队去墨脱考察了，差不多有一个月时间，刚刚回来。我一听，马上想跟他聊聊，但他只简单说了几句，又匆匆离开了。他只说此次科考任务是一个国家项目，同时补充一下墨脱特有的两栖爬行动物的信息。

后来，我意外读到了一篇他们此次考察的文章，是与谢锋一起去墨脱的年轻研究人员蔡波写的，这才对此次科考有了比较详细的了解。

谢锋他们这次的路线，是从成都飞到林芝，再从林芝到墨脱。自墨脱开始，就是徒步了，从墨脱出发，经过汗密到拉格，再返回到背崩。据说这路线也是西藏徒步爱好者的路线，穿越密林、沟壑、荒无人烟的荒野，非常艰苦。像我这样的人，是万不敢尝试的。我曾在1990年冬天去过墨脱，是坐直升机飞进去的，从直升机往下看，就已经感觉布满了艰辛。

走上这条路，最先迎接他们的，不是青蛙、蟾蜍，而是蚂蟥。

西藏的丛林地带蚂蟥很多，我也遭遇过被七八条蚂蟥同时爬到腿上的事，当时就发出一声惨叫。而谢锋、蔡波他们是要在丛林里住宿的，肯定比我的遭遇更吓人。果然，蔡波在文章里说，一路走过，几乎每片叶子上都有蚂蟥，为了防蚂蟥叮咬，他们还特意穿了防蚂蟥袜，但等到晚上进入帐篷后，依然有好多蚂蟥紧紧跟着进了帐篷，真是瘆人。他用各种方式驱赶，一夜难眠。

不过，尽管被蚂蟥袭击恐吓，科学家就是科学家，蔡波依然冷静地介绍了墨脱蚂蟥，让我也跟着长了知识：

墨脱这个地方的蚂蟥，在资料里被认为是斑纹山蛭，又名斯里兰卡山蛭模式亚种，是全国13种山蛭之一。山蛭大都分布在全国热带和亚热带山区，不同种类的山蛭生活习性大致相同，不过在墨脱，目前只发现了斑纹山蛭这一种。斑纹山蛭每年活跃的季节在 3—8 月，高峰在 6—7 月，正是我们考察的时间。它们分布在海拔 800～2100 米的山区，喜欢潮湿的环境，出太阳了就躲在石块或者苔藓草堆下，阴雨天或者晚上就出来吸血。一旦咬上人或者骡马后，就分泌山蛭素，可以抗凝血。人被咬之后，伤口会伴少量出血，瘙痒明显。个别被咬伤处搔抓后出现多条线状红斑，并出现随红斑走行的水疱。有学者研究发现，吡啶生物碱、苦参碱和联苯菊酯 3 种药物可以有效趋避斑纹山蛭。但这些药有点难找，这次出来，我们除了避让，没有更好的办法。

（蔡波《西藏墨脱科学考察记》）

但是我看到的谢锋胳膊上和脸上的"疙瘩"，却不是蚂蟥作案，而是一种叫吸血蠓的小虫子。蔡波在文章里说，在一个叫大岩洞的地方，他们遭遇了吸血蠓的猛烈攻击，估计那蚊虫也是自打出生以来第一次见到那么新鲜的肉食。蚊子很小，却多到像下雨，密密麻麻，每个人的脸都被咬出一团团的疙瘩，谢锋成了之最，整个脸都肿了，"痒得生无可恋"。

即使如此，他们依然没有撤退。等晚上吸血蠓睡了，他们就开始工作。这当然是玩笑，他们的工作就是晚上开始的。因为白天太忙，从汗密到大岩洞的途中，在一片针阔混交林里听到蛙鸣，判断是高山舌突蛙。

再科普一下：高山舌突蛙是稀有的舌突蛙属物种之一。高山舌突蛙最早就是在这个大岩洞附近被发现的，被黄永昭和叶昌媛于1997年正式命名。但由于个体小、行踪隐蔽，所以一直以来，它们的分布范围和具体习性还仅仅局限在最初的认识上面。他们希望这次能再次发现并带回舌突蛙标本。

庆幸，在黑夜的密林里，在苔藓下，在草丛里，他们一只接一只地找到了只有拇指大小的高山舌突蛙。总算没有白喂蚊子。

就在这天夜里，谢锋还发现了墨脱特有的一种蛙，墨脱棘蛙。据说它的背部像癞蛤蟆，但瞳孔是横着的椭圆形，虹膜是绿色的，很特殊。看来蚂蟥叮、蚊虫咬，都没有白挨，收获满满。

从这篇生动有趣的文章里，我感受到了青年一代科学家的工作状态，他们对事业的热爱，执着，吃苦耐劳。对他们，我不由得产生了由衷的敬意。

四十二

如今的两爬室，充满了活力和生机，青年一代科学家，或者说第三代两栖人，继承并发扬了刘承钊先生、胡淑琴教授、费梁和叶昌媛夫妇等老一辈科学家的敬业精神，在科研领域辛勤工作着，取得了一个又一个了不起的成就。

仅2016年以来，取得的主要成果就有：发表SCI（《科学引文索引》）论文41篇（二区以上10篇；第一作者或通讯作者30篇），CSCD（中国科学引文数据库）文章16篇；出版专著2部，参编专著2部，出版译著1部。

我虽然不懂 SCI 和 CSCD ，但也能想到是非常权威的意思。

发表论文之外，其他代表性成果有：

1. 两栖爬行动物分类和多样性编目、受胁评估取得重要新进展。中国两栖动物和爬行动物分类系统及名录订正和受胁评估，成果发表于《生物多样性》(江建平等,2016;蔡波等,2016)和国际顶级期刊 Science (《科学》, Jiang et al., 2016),出版了英文专著 Amphibians of China (Vol.1, Fei and Ye, 2016)。

2. 两栖爬行动物监测与保护。中国两栖爬行动物监测研究网络体系稳步发展:组织全国同行于 2010 年开始构建中国两栖动物监测网络体系,2016 年增至 108 点;2016 年,中科院生物多样性监测研究网络项目正式启动,江建平负责两栖爬行动物监测研究专网,已组建院内核心团队。

3. 调查分析无尾两栖动物食性及季节差异,并论述它们在农业生态中的服务功能。该成果发表于 Agriculture, Ecosystems & Environment (《农业、生态系统与环境》)杂志。

4. 适应进化与生物地理研究。李家堂等(2016)基于多门类、大数据的解析,揭示了自始新世以来的印度板块和亚洲板块碰撞相接后,多个生物类群在两个板块间的扩散过程,对研究地球板块运动和生物演化规律具有重要意义。该成果发表于 Nature (《自然》)子刊 Nature Communications (《自然通讯》)。崔建国等(2016)的最新研究成果 "Receiver discriminability drives the evolution of complex sexual signals by sexual selection" 以封面文章形式发表于进化生物学国际顶级期刊 Evolution (《进化》):发现动物性信号复杂性进化的新机制,雌性对性信号的区分能力驱动雄性鸣声信号进化。

5. 行为与生理。在动物静息态脑网络研究中获重要进展,方光战等（2016）的研究成果"Resting-state brain networks revealed by grangercausal connectivity in frogs"发表于神经科学世界权威专业期刊 *Neuroscience*（《神经科学》）：仙琴蛙的静息态脑网络与其听觉感知功能相关联；静息态脑网络是四足动物普遍存在的大脑特征之一。

6. 发育调控机制研究。饰纹姬蛙、爪蟾、中华蟾蜍变态发育比较研究，成果发表于国际顶级期刊 *Science* 的子刊 *Scientific Reports*（《科学报告》）。发现：解除结合甲状腺激素的 TRα 调控蝌蚪生长和变态时间的作用可能在无尾两栖动物中是保守的；结合甲状腺激素的 TRβ 是开启变态发育所必需的转录因子。

以上如此专业的文字，我之所以全部录入，是感觉这样的成功来之不易，有必要在这里呈现，被大家知道并记住。

两爬室现在有32位固定科研人员，还以项目形式聘用了8人；另有在读研究生34人（硕士生17人，博士生17人）。也是一个很大的团队了。作为领头人的江建平，也在为未来谋篇布局。他计划着为我国两栖动物物种建立起完整的生命之树，并将两栖动物区系分类、系统发育、行为生态、结构功能等研究推向深入。

江建平主任告诉我，他们在2016年已经制定出了"十三五"规划，即2016年到2020年的目标。其主题为，两栖爬行动物多样性与保护。

主要任务或目标：立足东亚，放眼全球，围绕两栖爬行动物多样性的形成与维持机制，开展生物多样性演化与保护的关键科学与技术问题研究，为资源保护与管理以及资源的可持续利用提供支撑（包括科技支撑、人才支撑、条件平台支撑）。

截止到2020年，5年内他们要达到的目标是：

1. 完成角蟾科、姬蛙科、棘蛙亚科、湍蛙属、树蛙类群等两栖动物和沙蜥属、海蛇、温泉蛇、水游蛇亚科等爬行动物的分布格局与演化机制研究，揭示其对环境变化的响应过程与遗传分子机理。

2. 解析红外传感与成像（蝮蛇）、声通讯（凹耳臭蛙和仙琴蛙）、视觉通讯（沙蜥）、变态发育（饰纹姬蛙）等性状的生理生化、行为或遗传分子机制。

3. 标准化两栖爬行动物监测研究网络体系与数据库，揭示中国大鲵和大凉疣螈的濒危机制并建立其保护技术体系。

4. 发布《中国两栖爬行动物国情报告》，发表系列重要科研论文，出版专著。

看上去简单的4条，做起来，是一项又一项庞大而复杂的工程。比如《中国两栖爬行动物国情报告》，就是个很大的工程。而解析红外传感与成像（蝮蛇）、声通讯（凹耳臭蛙和仙琴蛙）、视觉通讯（沙蜥）、变态发育（饰纹姬蛙）等性状的生理生化、行为或遗传分子机制，这一项项，一定会为我国科技的发展发挥重要的作用。

何况这5年里，他们还要乔迁新居，搬到新的科研园区去。这也是一项大工程呢。我相信，他们一定会圆满完成他们的任务。

费梁老师和叶昌媛老师，则依然在与他们并肩作战，正夜以继日地编写 *Amphibians of China II*，他们说，一定要争取早日交稿。

刘承钊先生和胡淑琴教授若是在天有灵，看到今天充满活力和欣欣向荣的两栖事业，不知该有多么欣慰。

他们一定会感到由衷的喜悦。

那么，就让我们和科学前辈一起，期待他们，祝福他们。

2016.11—2017.8，初稿

2017.9，二稿

2017.10，三稿

2017.11，四稿

2018.5，定稿

1978年前后，在方毅同志的支持下，《哥德巴赫猜想》《小木屋》《胡杨泪》等一批反映科学家和科技创新的报告文学作品相继问世，引起了强烈的社会反响。这些被人们认为反映了"科学的春天"到来的激越文字，已经或依然在影响着很多人的人生选择。

2013年5月，中国科学院启动了新一轮机关管理体制改革，成立了科学传播局。在传播局的战略规划中，明确提出创作一批反映科技创新、歌颂科技工作者的高质量文化产品，争取可以传世。在中国作家协会副主席白庚胜同志、中国科学院文联主席（现任名誉主席）郭曰方同志、中国科学院科学传播局局长周德进同志的倡议下，这一想法明确为创作出版一套反映新中国科技成就的报告文学作品。由此，中国科学院、中国作家协会、中国科学技术协会三方达成联合创作一套大型报告文学作品的高度合作共识。2015年1月，中国科学院、中国作家协会、中国科学技术协会主要领导联合会签工作方案，正式将其定名为"'创新报国70年'大型报告文学丛书"。

知易行难。经选题遴选、作家推荐、研究所对接，到2015年11月13日，"创新报国70年"大型报告文学丛书项目举行第一批选题签约仪式，6项选题正式开始创作。其后，项目进入稳步有序的推进阶段，先后组织了4批选题的编创工作。

这是一个跨部门、大联合、大协作的项目，从工作设想到一字一句落墨定稿，数百人为之操劳奔走，为之辛苦不眠，为之拈断髭须。在选题、作家遴选阶段，中国科学院12个分院近60家院属单位提交了选题方向建议，多家研究所主动联系项目办公室，希望承担选题创作支撑任务；白春礼、侯建国、钱小芊、白庚胜、谭铁牛、王春法、袁亚湘、杨国桢、万立骏、陈润生、周忠和、林惠民、顾逸东、王扬宗、彭学明等20余位院士、专家直接参与统筹指导、选题遴选工作，为从根源上保障丛书水准出谋划策；中国作家协会、中国科学技术协会给予项目高度支持，细心考虑多方因素，源源不断地推荐最合适的优秀作家，提供强有力的支撑。

在调研创作阶段，30余位作家舟车劳顿，不辞辛劳深入科研一线调研采访，深挖一人一事。以"青藏高原科学考察项目""东亚飞蝗灾害综合治理""顺丁橡胶工业生产新技术""灾后心理援助十周年纪实""从人工全合成牛胰岛素研究到人工全合成核糖核酸研究""从'黄淮海战役'到'渤海粮仓'""包头、攀枝花、金川综合开发项目""中国植物分类学发展与植物志书编纂""中国科大'少年班'""李佩先生相关事迹"为代表的选题，因涉及年代较为久远，跨越了一代甚至几代人的时光，部分重大工程参与单位遍布全国，部分中国科学院外单位甚至已经取消或重组，探访困难。纪红建、陈应松、薛媛媛、秦岭、铁流、李鸣生、杨献平、彭程、李燕燕、冯秋子等作家，在选题依托单位的支持下，以科研成果为中心，不囿于门户，尽最大可能遍访相关单位和亲历者，尊重历史、尊重科学的初心始终如一。以"从'望洋兴叹'到'走向深海大洋'""从无缆水下机器人研究到'蛟龙'号载人深潜器""猕猴桃属植物资源保护、种质创新及新品种产业化""我国两栖动物资源'国情报告'""中国泥石流研究""文章写在大地上——植物学家蔡希陶""中国北方沙漠化过程及其防治""冻土与沙漠地区工程建设支持西部发展""唤醒盐湖'沉睡'锂资源""澄江生物群和寒武纪大爆发"为代表的选题，采访、调研的客观条件较为恶劣。许晨、徐剑、李青松、裘山山、葛水平、李朝全、毛眉、李春雷、马步升、董立勃等作家，出远海、访林间、探深山、翻石冈、巡雨林、穿沙漠、过盐湖，亲历一线采风，与科研人员同吃同住同工作，以自己的亲身见闻，撰写出最生动的文章。而以"北京正负电子对撞机及二期改造工程""核聚变领跑记：中国的'人造太阳'""从黄土到季风""载人航天工程空间科学与应用""大气灰霾的追因与控制""高福院士和他的病毒免疫学团队""强激光技术""'中国天眼'及南仁东先生事迹"为代表的选题，涉及大量晦涩难懂的基础科学研究及其前沿进展。叶梅、武歆、冯捷、周建新、哲夫、张子影、蒋巍、王宏甲等作家克服极大困难，"跨界"学习自己所不熟悉的科学知识，甚至成了相关领域的"半个专家"。与此同时，中国科学院下属30余家科研院所逾百位分管领导和工作人员任劳任怨、尽职尽责，为作家创作提供支撑保障。如西北生态环境资源研究院办公室副主任岳晓，曾十余次陪同作家前往一线采访，包括环境艰苦恶劣的青海格尔木站和北麓河站（海拔4800米）、宁夏中卫沙坡头站、新疆天山冰川站和阿勒泰站等。

在审读定稿阶段，科学界、文学界近150位专家参与审读工作，为高质量作品的诞生提供有力保障。"冯康先生及其家族对中国科学技术的贡献"选题作家宁肯在书稿初稿创作完成后，秉着精益求精的态度，充分尊重各方建议，先后进行了三次重大调整，所付出的精力与调研创作时不相上下。"周立三先生对我国国情研究的贡献"选题作家杜怀超对作品精雕细琢，根据审读意见不断修改完善，对笔误也一一审校订正，力争做到尽善尽美。

"创新报国70年"大型报告文学丛书的创作出版工作，已历时五年。这五年中，科学与文学相互激荡、科学家与文学家激情碰撞。这些"碰撞"，也成为开展工作的难点所在。例如，书稿标题的拟定，是应当更平实，还是更富文学性？一项科研工作，是应当尽可能全面展示，还是选取最具可读性的片段施以浓墨重彩？一个或多个工作团队中，应当展现什么人物？又该重点展示这些人物的哪些方面？凡此种种，在成稿之前，作家和科研人员都展开了无数轮"激烈"讨论，经过多方考虑才达成一致。这些或大或小的"碰撞"，在编写过程中，是大家的焦虑所在；在最终呈现给大家的这套书中，也许将是最精华之所在。处理或有不周，但作为一种"跨界"的磨合，相信读者会读出不一样的精彩。

"创新报国70年"大型报告文学丛书项目办公室设在中国科学院科学传播局，联合中国作家协会创联部、中国科学技术协会调宣部共同开展统筹协调工作。项目执行单位先后设在中国科学院计算机网络信息中心、中国科学院文献情报中心。前前后后，数十人为之操劳奔忙，他们是中国科学院的杨琳、胡卉、储姗姗、李爽、陈雪、崔珞、王峥、孙凌筱、张颖敏、岳洋，中国作家协会的高伟、范党辉、孟英杰，中国科学技术协会的孟令耘等。这个团队持续跟踪选题创作和审读进展，及时发现问题、解决问题，付出了大量的时间和精力，保障了丛书的顺利出版。

感谢中国作家协会、中国科学技术协会、中国科学院以及浙江教育出版社的精诚合作，感谢各位专家、作家和工作人员对此项工作的辛勤付出，相信“创新报国70年”大型报告文学丛书的出版能够有力地传承科学文化，推进科技与人文融合发展，弘扬社会主义核心价值观和新时代科学家精神，为实现中华民族伟大复兴的中国梦发挥出独特作用。

“创新报国70年”大型报告文学丛书项目组

2019年6月

图书在版编目（ＣＩＰ）数据

钟情一生 / 裘山山著. -- 杭州 ： 浙江教育出版社,
2019.9（2019.12重印）
（"创新报国70年"大型报告文学丛书）
ISBN 978-7-5536-8953-1

Ⅰ．①钟… Ⅱ．①裘… Ⅲ．①报告文学－中国－当代
Ⅳ．①I25

中国版本图书馆CIP数据核字(2019)第162155号

"创新报国70年"大型报告文学丛书

钟情一生
ZHONGQING YISHENG

裘山山　著

策　　划：周　俊

责任编辑：孟珍真

责任校对：余晓克

责任印务：沈久凌

出版发行：浙江教育出版社（杭州市天目山路 40 号　邮编：310013）

图文制作：杭州林智广告有限公司

印刷装订：浙江海虹彩色印务有限公司

开　　本：635 mm×965 mm　1/16

印　　张：17.5

字　　数：192 000

版　　次：2019 年 9 月第 1 版

印　　次：2019 年 12 月第 2 次印刷

标准书号：ISBN 978-7-5536-8953-1

定　　价：68.00 元

联系电话：0571-85170300-80928

网　　址：www.zjeph.com